Hedwig Gerda Gutberlet-Zerbe ist 1951 in Fulda/Hessen geboren.
Sie ist verheiratet mit dem Bau-Ingenieur Willi Zerbe, hat eine erwachsene Tochter im Berufsleben stehend und wohnt heute in:
Ostertor 6, 31180 Giesen (Hildesheim/Niedersachsen)
Mittlere Reife
Wirtschaftsoberschule
Ausbildung als Bürogehilfin
Abschluss im Berufsbild der Sekretärin
Geschäftsleitungssekretärin > Schulsekretärin
Mentalcoach – Certified United Nation Diplomat

PRESSE und Foto: © 2015 Jutta Schütz

Hedwig Gerda Gutberlet-Zerbe ist seit 2006 als freischaffende Autorin tätig. Außerdem: Spezielles-Coaching seit 2005, Tätigkeit als "Mutmacherin für Menschen mit Depressionen" Video: www.hilfe-depressionen.de/video/ zur Antistigmatisierung und Enttabuisierung 2009 – 2011, DGPPN-Antistigma-Preis-Bewerbung 2010 (ansehen), Einladung 2011 zum DGPPN Kongress, Ausbildung zum Seminarleiter und Coach (Zertifikat), Persönlichkeitstrainer und Mentaltrainer (Zertifikat), MENTAL-COACH (insbesondere für Menschen mit Depressionen). Ihr Motto: Es gibt immer einen Weg - der sich manchmal auch erst in "Zeit-Warte-Zeiten" vollendet findet.

Ihre Bücher:

DEPRESSIONEN besiegen
Dieses Buch ist ein Sofort-Ratgeber, der Sie an die Hand nimmt und Ihnen einen Weg aus der Depressionsfalle zeigt. Das Buch zeigt einen authentisch erprobter Weg, der Ihnen helfen kann, an meinem persönlichen Beispiel von depressiv-psychotischen Krankheitsepisoden zu zeigen, was alles nach überstandenen Depressionen & Co. immer noch möglich ist.
Buchdaten: ISBN 978-3-7347-6157-7, Verlag: Books on Demand

55 Jahre Lebensvisionen:
die permanente Herausforderung und so erlebte ich es Gerda Gutberlet-Zerbe wurde am 6. Juni 1951 als älteste Tochter von drei Kindern in Fulda geboren. Sie setzte sich das Ziel, diese Biografie zu schreiben, um Einblicke in ihr Leben als berufstätige Frau mit hektischem Lifestyle, Mutter und Ehefrau zu geben. Familie mit Kind und Beruf, alles unter einen „Hut" zu bringen, das war eine gute Kombination, wenn man es denn will.
Buchdaten: Frühjahr 2015: Verlag: Books on Demand

Liebe? Leidenschaft! Doppelleben!
In der Regel haben wir von der Liebe eine verklärte und romantische Vorstellung, sowie es in vielen Romanen auch beschrieben wird. Hitze, Wollust, Rausch und eine bittersüße Verwirrung sind Momente, die die Autorin „Gerda Gutberlet-Zerbe in ihrem Roman sehr gut beschrieben hat!
Rocky - mein gutaussehender, blonder Schulfreund mit einem stahlblauen Augenpaar - ein Strahlemann, ein Casanova, der die Damenwelt nach allen Regeln der Kunst an der "Nase herumzuführen" weiß. Der sich schließlich während seiner Ehe in ein Doppelleben verwickelt, das ihm ernst zu nehmende Herzattacken bereitet. Beruflich ist er zum Visionär aufgestiegen, der seine Leute für sich arbeiten lässt, auch seine "geliebten" Frauen. Doch das Leben gibt ihm, was er verdient, er muss schließlich vom Doppelleben seiner Geliebten Hedwig erfahren, die sich vor dem Einzug ins Traumhaus kurzum für einen anderen Mann entscheidet: Fassungslos und alleine gelassen findet er zurück zu seiner Jugendliebe Susi, die sich zu einer atemberaubenden Schönheit entpuppt hat und der er vollkommen verfallen ist. Aber Susi bleibt nur ein Verlobungstraum für ihn, sie "zahlt ihm heim", was er ihr an Wahrhaftigkeit, auch in ihren Jugendtagen schuldig geblieben ist ...
Buchdaten: ISBN-13: 978-3833482885, Verlag: Books on Demand

55 years - My Vision of Life:
Sucessfully facing the constant challenge
Gerda Gutberlet-Zerbe was born as the eldest daughter of three in Fulda on 6th June, 1951. She set herself the goal of writing her biography to give insights into her life as a worker, wife and mother with a hectic lifestyle.
Buchdaten: Verlag: tredition (21. Februar 2013), Sprache: Englisch, ISBN-10: 3849502856

© 2015 Autorin: Gerda Gutberlet-Zerbe
www.awpsg.com
www.hilfe-depressionen.de
www.gutberlet-zerbe.de
Email: gerda@gutberlet-zerbe.de

© 2015 Buchsatz und Coverdesign: Jutta Schütz
Webseite: www.jutta-schuetz-autorin.de/
E-Mail: info.jschuetz@googlemail.com

© 2015 Herstellung und Verlag: BoD – Books on Demand, Norderstedt
Illustrationen von Jutta Reinfeldt:
jutta.reinfeldt@web.de

ISBN: 9783734731273

Das Werk, einschließlich seiner Teile, ist urheberrechtlich geschützt. Jede Verwertung ist ohne Zustimmung des Verlages und des Autors unzulässig. Dies gilt insbesondere für die elektronische oder sonstige Vervielfältigung, Übersetzung, Verbreitung und öffentliche Zugänglichmachung.

Bibliografische Information der Deutschen Nationalbibliothek:
Die Deutsche Nationalbibliothek verzeichnet diese Publikation in der Deutschen Nationalbibliografie; detaillierte bibliografische Daten sind im Internet über http://dnb.d-nb.de abrufbar.

Gerda Gutberlet-Zerbe

RUDI

Mann o Mann

Dieser Roman ist in allen seinen Berichten und Auszügen vom Verfasser völlig frei erfunden und konzipiert. Es ist deshalb ein tatsächlicher Zufall, wenn es Ähnlichkeiten mit lebenden oder verstorbenen Personen gäbe. Die menschliche Liebe zeichnet dabei den großen Bogen zwischen Positiv über die Leidenschaft hin zum Negativen, je nachdem welche Lebensgesetze nicht beachtet werden.
Der Roman zeigt die immer wiederkehrenden Schwierigkeiten zwischen Mann und Frau auf, weil wir in einer unvollkommenen Welt, einer Welt der Gegensätze leben: z. B. Tag/Nacht, Sommer/Winter, Liebe/Hass, Erfolg/Misserfolg, Krieg/Frieden, Gerechtigkeit/Ungerechtigkeit, Schönheit/Hässlichkeit, Himmel/Hölle, Armut/Reichtum, Jugend/Alter, Trauung-Ehe/Scheidung und den jeweils vielen Abstufungen dabei, leben.

Herzliche Grüße Gerda

Aufregung überfällt mich zu diesem besonderen Interview und viele Gedanken gehen mir jetzt am Steuer meines Pkw sitzend durch den Kopf.

Unser Chefredakteur hat mir diese journalistische Arbeit mit den Worten übertragen: „Sie sind prädestiniert, diesen Visionär, diesen Mann um die 60 zu hinterfragen. Er wird Ihnen mehr erzählen, als Ihnen lieb ist und wenn Sie ihn geschickt fragen, wird er auch ein bisschen ehrlich sein."

Natürlich fühle ich mich geschmeichelt und es ist geradezu eine große Herausforderung für mich, die ich gerne souverän meistern und mein Talent unter Beweis stellen möchte. Aber Souveränität kann ich momentan gar nicht an mir feststellen, die Erregung übermannt mich eher…

Ich weiß bisher nicht viel von diesem Mann, und ich frage mich zu aller erst, wie wird er aussehen? Ist er sympathisch? Ein wichtiges Element, denn Antipathie lässt den Begeisterungspegel sinken und alles wird zäh. Wird seine Frau anwesend sein? Wie wird er wohnen? Ich weiß nur, er ist als Visionär im 25. Jahr mit eigenem Unternehmen selbständig und das ist in der heutigen Welt wohl schon eine sehr große Leistung und eine lange Zeit, denn nicht wenige Unternehmen überstehen die ersten fünf Jahre nicht, geschweige denn zehn oder mehr Jahre.

Mein Navigationsgerät sagt mir plötzlich an und ich erwache dabei aus meiner Gedankenwelt: „Sie befinden sich auf einer nicht digitalisierten Straße." Mein Gott, ich bin ja in der Wildnis! Wohin muss ich jetzt bloß weiterfahren? Da drüben am Hang eine mondäne Wohnanlage. Das sieht so nach dem Anwesen aus, wie es mir beschrieben wurde: Ein Flachdachanlage von riesigen Palmen umrahmt im südländischen Stil. Ich lese in großen Lettern die Nummer 1. Das muss es also sein.

Ich fahre die gepflasterte Hofeinfahrt hoch und parke meinen Wagen vor dem großen Tor. Dahinter kann ich eine riesengroße Brücke erkennen und schon höre ich Hundegebell.

Ich drücke die Klingel an der Gartenpforte und eine männliche Stimme fragt durch den Lautsprecher:

„Hallo, ja bitte."

Ich antworte: „Bin ich hier richtig bei Herrn Idur."

„Jawohl, das sind Sie, kommen Sie näher. Haben Sie vor Hunden Angst?"

„Ja sehr", rief ich in die Sprechanlage.

„Einen Moment, dann bringe ich die beiden erst hier weg." Angenehm sympathisch erklang die Stimme, denke ich und die Aufregung schwindet langsam. Da kommt mir ein mittelgroßer Mann, die Haare grau durchzogen, braun gebrannt, ein wenig faltig aber sehr gepflegt, sehr dynamisch und freundlich entgegen. Ich halte einen Moment inne, weil sich eine Legion Schmetterlinge in meiner Bauchgegend zu versammeln drohen

„Hubs, was ist jetzt los, das geht aber nicht, Helga", denke ich, „he, du hast einen Auftrag", sagt mein Kopf plötzlich und bahnt mir einen Weg durch die Schmetterlings-Gefühlsebene. Da spricht mich auch schon der freundliche Herr Idur an:

„Guten Tag, Sie sind sicher die Stern-Journalistin?"

„Ja, die bin ich, Adreg mein Name" und reiche ihm die Hand zur Begrüßung, die er strahlend entgegen nimmt und mir freundlich in die Augen sieht.

„Schön, dass Sie sich Zeit für mich genommen haben", höre ich mich sagen. Wir stehen bereits vor der Haustür, er öffnet sie und ich sehe in einen riesigen Raum mit einer integrierten, in dunklem Holz gehaltene Küche. Rudi bittet rechts die Treppe hinauf, wobei ich ihm folge. Auf der Empore steht eine schwarze Sitzgruppe und er bietet mir einen Platz darauf an. Ich sehe rundum große Fenster, die den Blick auf ein weites Land mit weiter entfernt angrenzendem Wald freigeben. Rudi fragt mich dann nach einer Tasse Kaffee und bittet Frau Froh, seine Haushilfe, zwei Tassen zu servieren. Er entschuldigt sich kurz und geht noch einmal nach unten. Als er zurückkommt, verlässt die Dame das Haus.

Ich bin inzwischen wieder völlig auf der Verstandesebene angekommen und sage: „Wunderschön haben Sie es hier, Herr Idur."

„Ja, es ist mein neues Zuhause, Männer in meinem Alter verändern sich gerne noch einmal, wenn das Leben es so will. Wissen Sie, für mich ist seit einigen Jahren nichts so beständig, wie die Veränderung. Ich habe zwar viel erreicht in meinem Leben, aber das bringt auch viel Verantwortung mit sich, die mir manchmal eher zu viel wird. Mit 35 Jahren bin ich als Prokurist aus einem großen Unternehmen ausgestiegen, in dem ich angestellt tätig war. Ich dachte mir, entweder du schaffst es oder ….

Der Seniorchef hatte mir dabei mit auf meinen Weg gegeben: „Wenn es nicht klappt, können Sie jederzeit zurückkommen."

Aber Zurückkommen, das war keine Alternative für mich, daran habe ich nie gedacht. Ich wollte es einfach schaffen… und inzwischen sind 25 Jahre daraus geworden. Mein Unternehmen zählt augenblicklich siebzig Mitarbeiter, Tendenz steigend und meine seit vielen Jahren geschiedene Ehefrau hat daran gebührenden Anteil. Alle Achtung, wir haben es bis heute geschafft, das Unternehmensschiff durch diese Trennungsgeschichte erfolgreich hindurch zu steuern und sind beide auf unseren neuen Wegen glücklicher."

„Es ist sicher eine große zusätzliche Belastung, privat Probleme wegstecken zu müssen, Herr Idur?"

„Für mich nicht wirklich, ich bin immer auf den Sonnenseiten des Lebens spaziert, sonst wäre ich für das Unternehmen nicht kreativ genug."

„Als Mann geht das ja auch gut" und leite über auf meinen Fragenkatalog. „Sie haben siebzig Mitarbeiter, da muss der Umsatz ja riesig sein?"

„Ja, er lag im letzten Jahr bei über 80 Millionen, da waren wir aber noch etwa 40 Mitarbeiter. Jeder Mitarbeiter muss schon zwei Millionen Umsatz bringen, sonst kann man eine jährliche Ausschüttung vergessen und das will kein Unternehmer wirklich."

„Im Unternehmerleben soll es immer ein Auf und Ab geben. Haben Sie solche Zeiten auch schon miterlebt?"

„Wenn Sie damit meinen, dass riesige Summen investiert werden müssen, sozusagen, wachsen oder weichen, haben Sie schon Recht."
Also ging es bei Ihnen immer mehr oder weniger „aufwärts."

„Abgesehen von unwesentlichen Schwankungen, denen ich sofort gegensteuern konnte, ging es in der Tat peu á peu voran. Das ist auch meine Motivation, obgleich ich manchmal schon sehr lustlos auf den Arbeitsalltag bin."

„Arbeitsalltag: Ich denke mit dem Tagesgeschäft haben Sie doch weniger zu tun. Ihre Arbeit ist doch sicherlich sehr viel interessanter und da ist kein Tag gleich dem anderen."

„Aber auch sehr viel verantwortungsvoller und das nervt oft schon hochgradig", dabei erhebt sich Rudi aus dem Sessel und richtet die Frage an mich: „Darf ich Ihnen ein Glas Sekt oder Rotwein anbieten?"

„Nein, danke, ich muss ja noch Autofahren, gerne aber ein Glas Wasser."

Er holt mir aus einer Minibar eine Flasche Wasser und gießt sich einen Rotwein ein. Ich sichte meinen Fragenkatalog und Rudi überreicht mir ein Prospekt mit den Worten: „Darin können Sie einige wichtige Details noch herauslesen. Mir ist wichtig, dass der Artikel zu unserem 25jährigen Firmenjubiläum äußerst professionell abgefasst ist. Es sollte herausgestellt sein, dass wir weltweit kooperieren und inzwischen eines der drei größten Unternehmen europaweit sind und das nicht von ungefähr, sondern wir sind ein Team von Menschen, die ein gemeinsames Ziel verfolgen, die zwar überdurchschnittlich verdienen, aber auch täglich bis zur Zielerreichung arbeiten.

Die alljährlich diverse Schulungen etc. absolvieren, in denen Problemkreise im Unternehmen weitgehend abgebaut werden."

„Das hört sich wirklich genial an, da möchte ich auch arbeiten", antworte ich.

„Genau so soll der Leser denken", entgegnet Rudi lächelnd.

„Sie sind ja ein Fuchs, Sie wollen also gleich eine kostenlose Anzeige mitschalten", gebe ich fröhlich zurück.

Plötzlich schaut mich Rudi fordernd an, sogleich kehren die Schmetterlinge in meine Bauchgegend zurück und Rudi richtet die Frage an mich: „Sind Sie spontan? Wann gehen wir zusammen zum Essen, ich möchte Sie einladen?"

Sekunden überlege ich, aber der Entschluss ist bereits gefasst, und ich höre mich sagen: „Gerne, sobald ich Ihnen den fertigen Bericht präsentieren kann."

„Wann wird das sein?" Er zückt seinen Terminkalender und ich meinen: „Nächsten Dienstag könnte ich dann soweit sein. Aber bitte nachmittags, so gegen 17.00 Uhr."

„Globetrotter Gourmetrestaurant, trage ich in meinen Kalender ein, okay?"

„Das ist für mich eine gute Zeit, da habe ich noch einige Arbeitsstunden zur Fertigstellung", ließ ich verlauten, klappte meinen Kalender zu, trank schnell mein Glas Wasser leer und signalisierte gehen zu müssen. Jetzt war loslassen angesagt, sonst würde das hier für mich vielleicht unkontrolliert, weil augenblicklich mich die „Schmetterlinge" wieder sehr übermannten. Rudi war ebenfalls etwas verklärte, aber er versuchte mich nicht zu halten, weil es gerade an der Gartenpforte geklingelt hatte.

„Entschuldigung, aber ich erwarte meine Cousine, die will sich ein wenig in meinem Haus umsehen, da sie einen Umbau plant und sich dazu Anregungen holen möchte."

Rudi betätigt dabei den Türöffner und eine hübsche Frau, vielleicht um die 40 Jahre alt, steuert auf die Haustür zu. Ich habe inzwischen meine Sachen gepackt, erhebe mich und gehe hinter Rudi zur Haustür mit den Worten: „Wir sind ja soweit klar und ich möchte mich dann verabschieden, Herr Idur!"

Bevor Rudi die Haustür öffnet, reicht er mir die Hand, blickte mir warmherzig und ganz tief in die Augen: „Sie sind eine tolle Frau und ich hoffe, der Bericht wird auch so genial - ich freue mich aufs Wiedersehen."

„Ich auch, hauche ich" und laufe schnell durch die inzwischen offene Haustür, dabei sage ich „Guten Tag und auf Wiedersehen" zu der mir entgegenkommenden jungen Frau.

Schnellen Schrittes gehe ich nun den Weg hinab durch die Gartenpforte, die sich mit einem kräftigen Knallen hinter mir schließt und mich wie aus einer anderen Welt kommend aufschreckt. Sogleich starte ich meinen Wagen, schaue aber noch einmal zum Haus hinauf. Und was erkenne ich hinter der offenen Gardine: Rudi und die junge Frau küssen sich leidenschaftlich, er grabscht ihr am Busen und beide verschwinden augenblicklich hinter der Gardine.

Sogleich verlasse ich tief enttäuscht den Parkplatz. Hatte ich ihm doch geglaubt…

In der Redaktion angekommen, empfängt mich der Chefredakteur, Herr Benesch, mit den Worten: „Nah, ist mein Plan aufgegangen?" „Wenn Sie meinen, dass ich etwas Privates erfahren habe, dann muss ich Sie enttäuschen. Aber das Interview war höchst interessant und passt sich, glaube ich, hervorragend in unsere Fortsetzungsreihe ein."

„Ohne einige brisante private Details, können wir es fast knicken." „Herr Benesch, ich konnte nicht mit der ‚Tür ins Haus fallen', aber ich habe eine weitere Einladung, die möchte ich zu solchen Fragen nutzen, okay." „Alle Achtung, Sie sind einfach genial, habe ich doch wieder richtig entschieden."

Meine Arbeit wollte mir heute in der Redaktion gar nicht von der Hand gehen. Ich bin zu beschäftigt mit der nahenden Einladung und kann mich nicht so recht freuen, denn die Schmetterlinge sind durch das brisante Erlebnis hinter der Gardine restlos verflogen.

Nun habe ich aber zusätzlich den Druck vom Chefredakteur, private Details' zu erfahren. Mein Unterbewusstsein arbeitet, wie ich am geschicktesten vorgehen soll? Ich kann jetzt nicht kneifen, das würde Herr Benesch mir verübeln, zumal er von mir gewohnt ist, dass ich allen Herausforderungen gewachsen bin.

Ich kann wirklich niemand anderem diesen Termin übergeben oder doch? denke ich. Überlege kurz und habe sogleich Plan B im Kopf. Nehme mein Telefon und wähle die Nummer von Herrn Benesch und bitte ihn um eine kurze Besprechung.

Er hat sogleich Zeit für mich und als ich so vor ihm sitze, schaue ich ihn freundlich an und sage: „Herr Benesch, morgen muss ein anderer zum Termin mit Herrn Idur, ich glaube unser „Redaktions-Casanova" wäre der richtige Mann, um noch private Details zu erfahren. Ich werde keine Wahrheiten erfahren können, weil…." und erzähle die brisante Geschichte, die ich erfahren und ganz anders beobachtete und dass ich mich wahrscheinlich verliebt habe.

Herr Benesch war sofort meiner Meinung und bestellte eilends Herrn vom Windeverweht in die Gesprächsrunde ein. Die Situation wurde durchgesprochen und Herr vom Windeverweht willigt doch ein, obwohl er eine andere Verabredung habe. Er signalisiert gleich, dass er diesen Termin durchaus verlegen könne. Ich war erleichtert, enttäuscht und doch auch ein wenig traurig. Schließlich hatte ich diesen Rudi irgendwie lieb- gewonnen, ganz gleich wie er sich verhielt. Wahrlich, er konnte Frauen den Kopf verdrehen und das war bei mir schon ein wahres Kunststück.

Ich gehe mit Herrn vom Windeverweht in mein Büro und übergebe ihm das erstellte Firmenportrait Idur. Er nimmt es an sich und die Tür, die mein Büro von seinem trennt, fällt hinter ihm ins Schloss. Zehn Minuten später kommt Herr vom Windeverweht noch einmal in mein Büro und lobt meine bisherige Arbeit. „Ich bin mir ganz sicher, dass ich die privaten Details noch herausbekomme und damit ist ein kleines Feuerwerk perfekt, das sicher den Leserumsatz wieder einmal steigern wird." Und Herr vom Windeverweht weiter: „Ja, ja, Männer um die 60, noch plagen sie keine überwältigenden Zipperleins, doch die Zahl der zugelegten Kilos dokumentiert wie Jahresringe das Alter."

„Woher wissen Sie das?"

„Ich glaube, dass ist der Mann, von dem meine Lebenspartnerin letztens schwärmte, sie hat sich als Assistentin dort vorgestellt, umso mehr reizt mich jetzt der Termin mit ihm. Wie wollen wir es handhaben, wollen Sie anrufen und sagen, dass ihr Kollege morgen den Termin wahrnimmt oder soll ich anrufen und sie krank melden?"

„Das ist eine gute Idee, rufen Sie an und melden mich krank! Aber fällt Ihnen das Interview jetzt nicht auch ein bisschen schwer?"

„Männer haben keine Berührungsängste", meint Herr vom Windeverweht und ist auch schon wieder in der Tür verschwunden. Dann kommt er noch einmal zurück: „Aber wenn dieser Rudi nach Ihrer privaten Adresse fragt, darf ich ihm diese geben?"

„Meinetwegen, sonst verärgern wir ihn ja möglicherweise", entgegne ich geschickt.

Minuten später klingelt mein Telefon: „Habe ich es doch gewusst und ob dieser Rudi ganz gelassen nach Ihrer privaten Telefonnummer gefragt hat. Sind Sie jetzt glücklich?"

„Männer in dem Alter sind eher gelassen, was alle gerne sein möchten", antworte ich mit Ironie, um nicht auf die Frage antworten zu müssen, aber ich spüre, wie mein Gefühl eher verwirrt ist und antworte noch „Okay, es gibt sicher keine Fragen mehr, Herr vom Windeverweht" und lege den Hörer auf.

Ich halte nun erst einmal meine beiden Hände vor mein Gesicht, um meine Unruhe zu verdecken und nachzudenken: War das wirklich gut, meine private Telefonnummer rauszugeben? Aber wenn dieser Rudi mich wirklich erreichen will, tut er das auch übers Büro, also gehüpft wie gesprungen. Es ist jetzt gut so wie es ist."

Sogleich hole ich Plan C aus der Tasche: Ich werde diesem Herrn Idur zum Date das druckreife Interview zum Abzeichnen vorlegen und der ganze Gesprächstermin hat einen zu mindesten halboffiziellen Charakter. Ich klopfe an der Tür zu Herrn vom Windeverweht, der sogleich erscheint. Wir haben nämlich eine Abmachung, dass wir, wenn wir etwas voneinander wollen, an der unglücklich gelegenen Tür nur klopfen und dann erscheint der jeweilige Kollege.

Hallo, Herr vom Windeverweht, wann glauben Sie werden Sie das Interview vollständig fertig haben?"

„Wenn Sie wollen, schaffe ich es heute noch, dann ist das Projekt vom Tisch. Es war ein sehr interessantes Gespräch mit diesem Rudi. Natürlich hat er wieder eine Lebensgefährtin nach der Ehefrau, aber er fühle sich vollkommen frei und schöne Frauen interessieren ihn halt immer, das gehöre zu seinem Naturell, höre ich. Sie hatten Recht, da lagen wir auf einer Wellenlänge. Wir hatten ein gutes Männergespräch. Er ist sehr freundlich, unterhaltsam und charmant dazu. Er hat zwei Seiten, eine harte geschäftliche Seite, aber eher der Verkäufertyp und eine private Seite, die sehr unterhaltsam charmant, weltoffen ist, aber, so glaube ich, es entspricht nicht immer alles der Wahrheit. Also seien Sie vorsichtig, dass Sie nicht in die Liebesfalle tappen."

„Was denken Sie, wie soll ich das machen?"

„Na ja, ich meine, halten Sie einfach Ihr Herz fest, geben Sie es nicht aus der Hand, sonst sind Sie verloren und eines Tages einsam… Lassen Sie sich das von dem reifen Redaktions-Casanova sagen, der weiß wo's lang geht. Sie dürfen sich niemals einen Schlusspunkt setzen lassen, sondern Sie müssen zur richtigen Zeit einen Doppelpunkt setzen", sogleich verschwindet er wieder in der offenen Tür und ein Knall, die Tür ist zu. Das heißt sogleich, Herr vom Windeverweht will arbeiten.

Zwei Stunden später, klopf, klopf, klopf, ich gehe zur Tür und Herr vom Windeverweht präsentiert mir stolz das nun fertige Werk. Ich lese neugierig die abgeänderte Überschrift:

Idur wird zwanzig und erhält eine ‚Schwester'.

„Hm, was haben Sie da denn Neues erfahren?"

„Lesen Sie einfach mal, welches geschäftliche Glück diesen Rudi begleitet. Er konnte es Ihnen in der letzten Woche noch nicht sagen, weil die Gesellschafterverträge nicht unterzeichnet waren. Aber jetzt ist alles offiziell und wird demnächst von der lokalen Zeitung dieser Kleinstadt bekannt gegeben. Ich darf es aber jetzt schon mit aufnehmen."

„Wie muss ich das verstehen? Da ist der Juniorchef und einzige Erbe aus seinem früheren Angestelltenbetrieb plötzlich und unerwartet verstorben.

Der Seniorchef um 80 Jahre alt und bei guter Gesundheit hat sich an Rudi gewandt, das Unternehmen als Schwester-Unternehmen weiterzuführen, weil er das entsprechende Know how vorweisen kann. Er hat ihm gesagt, meine Zukunft ist ausgelöscht und niemand nimmt etwas mit hinüber in die Ewigkeit, aber ich will mir wenigstens ein Denkmal setzen und dazu hole ich Sie, Rudi Idur, mit ins Boot. Sie haben bewiesen, dass Sie ein Unternehmer sind und ein Unternehmen sicher steuern können!"

Herr vom Windeverweht nun weiter: „Das ist Unternehmerglück und für Rudi die Chance auf dem Markt gleich ein weiterverarbeitendes Unternehmen mitzuführen. Irgendwann wird er dann den Seniorchef beerben, weil dieser nun keine Kinder mehr hat und irgendwie von Rudi doch überzeugt und begeistert ist.

Der Seniorchef, der noch bei gutem mentalem Verstehen ist, will die Zügel über die Führungsebene seines Unternehmens weiterhin in Händen behalten, sich aber stets mit Rudi abstimmen, damit dieser in die Unternehmensphilosophie kurzerhand hineinwachsen kann und die Fäden im Unternehmen mehr und mehr in die Hände bekommt."

„Stark und spektakulär ein solcher Deal, das lockert unsere Fortsetzungsreihe höchst interessant auf", ist mein Kommentar dazu.

Herr vom Windeverweht ist damit einverstanden, dass ich nun die Abschlussarbeiten wieder übernehme und mit Rudi letzte Abstimmungen plane. Ich rufe gleich Rudi an, habe aber kein Glück ihn zu erreichen und hinterlasse, dass er mich zurückrufen möchte. Inzwischen türmen sich die noch zu erledigenden Arbeiten auf meinem Schreibtisch, während ein weiteres Projekt mit Terminen bereits ansteht und in Angriff genommen werden muss. So bin ich heute den ganzen Tag sehr im Stress und in der Redaktion unterwegs. Da ertönt durch den Lautsprecher: „Frau Adreg bitte, ein Telefonat für Sie, ich stelle gleich in ihr Büro durch!" Eilig renne ich in mein Büro und nehme den Hörer ab, „Helga Adreg hier, guten Tag."

„Haben Sie eine wundervoll dynamische Stimme am Telefon, hier spricht Rudi Idur."

„Schön, dass Sie zurück rufen, ich wollte Ihnen gerne die letzte Fassung unserer Pressemitteilung vorlegen, normalerweise tun wir das nicht, aber in Ihrer besonders erfolgreichen Situation, möchten wir, dass Sie es noch einmal gegenlesen. Unter Umständen sogar mit Ihrem Schwester-Unternehmen abstimmen"

„Oh, Sie haben alles fertig, aber in dieser Woche sieht es in meinem Terminkalender vollterminiert aus, doch halt, vielleicht am Freitagnachmittag - im Gourmetrestaurant Globetrotter, 17.00 Uhr, ich lade Sie gerne zum Essen ein?" Ich überlege kurz und antworte: „Herr Idur, eigentlich habe ich freitags meinen Sporttag, aber, da ich inzwischen weiß, dass Sie zwei Unternehmen führen müssen, will ich diesen Termin annehmen."

„Sie sind ja super drauf?"

„Es ist mein Job."

„Dann freue ich mich auf den Termin, Entschuldigung, ich muss Sie jetzt abhängen, in der Leitung drängelt jemand, Sie hören es sicher. „Tschau, tschau, bis zum Wiedersehen, Frau Adreg."

Heute ist der Tag für mich ein wenig zäh durchwachsen. Die Arbeit will mir nicht so von der Hand gehen, meine Kreativität ist einfach zeitweise blockiert, wohingegen ich sonst sprühend voller Ideen mein Arbeitspensum bewältige. Aber heute, heute ist ein Gegenspieler im Detail – dieser Rudi beschäftigt mich mehr als mir lieb ist. Was hatte er mir beim ersten Treffen gesagt: „Das Alter ist für Männer über 60 die größte Kränkung." Mein Unterbewusstsein hat diesen Satz sorgfältig gespeichert und jetzt kommt er mir ins Bewusstsein – und beschäftigt mich, macht mich neugierig – ich will einfach mehr über diesen erfolgreichen ‚Rudi – Der Mann der sich traut' um 60 Jahre erfahren. Es ist jetzt 16.30 Uhr und ich klopfe noch kurz bei Herrn vom Windeverweht an die Tür.

„Hallo, Frau Adreg, alles klar?"

„Ich will Ihnen nur sagen, ich rausche zum Termin mit Herrn Idur und komme dann heute auch nicht mehr rein."

„Das ist mir klar, das erwarte ich auch nicht anders", gibt er mit einem verschmitzten Lächeln zurück. „Aber sehen Sie zu, dass unser Presse-Bericht Rudis Akzeptanz findet. Sie haben im Zweifelsfalle doch sicher gute Argumente, wie ich Sie kenne", motiviert er mich.

Endlich fahre ich auf den Hof vom Gourmethotel Globetrotter und bin ein bisschen verspätet. Durch das Fenster sehe ich Rudi am Tisch sitzen und er winkt mir freundlich zu. Innerlich gelassen gehe ich die Treppen hinauf und im Foyer empfängt mich ein freundliches Ambiente. Ich gehe durch die Tür zum Restaurant und steuere auf den Tisch zu. Rudi erhebt sich und begrüßt mich freundlich lächelnd mit einem tiefen Blick in die Augen, wie ich es beim ersten Zusammentreffen schon einmal erlebt habe. „Schön, dass Sie da sind", höre ich ihn sagen und er fasst mir eher freundschaftlich an den Schulterbereich.

„Ich habe mich bei den vielen Einbahnstraßen etwas verfahren, weil ich auch den Weg hierher nicht kannte und darum bin ich ein wenig verspätet, Entschuldigung, Herr Idur", gab ich erregt zurück.

„Und danke für die Einladung, ich glaube wir haben einen bahnbrechenden Bericht zu Ihrem 20jährigen Unternehmensjubiläum und der sukzessiven Übernahme des Schwesterunternehmens verfasst. Sie können sich sehr freuen, diese besondere Chance in unserer Fortsetzungsreihe zu haben. Solche Berichte haben wir seit Jahren nicht forciert und unser Chefredakteur hat mit seinem Team diese Entscheidung erst vor kurzem getroffen. Danke, dass Sie sich beworben haben und schauen Sie sich den Bericht einmal an. Er ist Ihre Chance!"

Rudi liest nur die fettgedruckten Überschriften und meint dazu: „Ich möchte alles auch mit Herrn Saj abstimmen, weil ich ihn keineswegs übergehen will. Darf ich dazu den Bericht ein paar Tage behalten?"

„Ja, natürlich, aber kann ich ihn am Donnerstag spätestens zurück erbitten?"

„Das müsste machbar sein. Ich gebe ihn auch gerne bei Ihnen in der Redaktion spätestens am Donnerstag wieder ab. Dürfen auch Änderungen eingebracht werden?"

„Nicht wirklich" und schaute Rudi freundlich lächelnd in sein Gesicht.

„Aber Ungereimtheiten müssen doch zu berichtigen sein."
„Schreiben Sie diese am besten auf ein gesondertes Blatt." Sogleich bringt der Oper zwei Gläser Champagner und reicht die Menükarten.

„Oh, haben Sie das für mich bestellt?" Ich habe Sie eingeladen und dachte, ein Glas Campus zur Feier des Nachmittags kann nicht schaden!"

„Danke, aber weiteren Alkohol darf es wegen dem Autofahren dann nicht sein. Eine Flasche Wasser wäre mir sehr angenehm." Rudi ordert diese beim Ober mit zwei Gläsern. Dann wendet er sich mir zu mit den Worten: „Wissen Sie Frau Adreg, ich suche schon seit einiger Zeit eine Assistentin, die die Alltagsroutine, jetzt für zwei Unternehmen, von mir fern hält. Ich stelle mir vor, in Ihnen die richtige Kraft dafür zu haben. Wenn es für Sie eine Herausforderung wäre, dann lassen Sie uns nach der Menübestellung weiterreden."

Ich bin augenblicklich sehr überrascht und aufgeregt. Schnell rauschen viele Gedanken an mir vorbei: Eigentlich fühle ich mich in meiner derzeitigen Position als Redakteurin sehr wohl. Mit meinen beiden Männern, Chefredakteur und Herrn vom Windeverweht, habe ich ein absolut herausforderndes, glückliches Arbeitsverhältnis. Will heißen, wenn es Meinungsverschiedenheiten gibt, wird meine Meinung voll akzeptiert. Natürlich wollen die Männer, sofern sie sich einig sind, gerne ihre Vorstellungen durchsetzen, aber dann liegt es an mir, die schlagkräftigeren, charmanten Argumente zu bringen. Meistens gelingt mir das sogar. Was sollte mich nun daran reizen, Rudis Assistentin zu werden, außer dass ich mich geschmeichelt fühle?

Der Ober serviert augenblicklich die Flasche Wasser und befüllt die Gläser halbvoll mit Wasser. Dann möchte er das Essen notieren und ich erwache aus meiner Gedankenfülle. Eigentlich verspüre ich gar keinen richtigen Appetit, aber Garnelen, denke ich, das wär's doch wohl! Riesengarnelen in Knoblauchsoße, dann bleibt mir dieser Rudi auch gleich vom Leibe, schießt es durch meinen Kopf. Als ich bestelle, schaut mich Rudi zwar freundlich, aber eher enttäuscht an.

„Ich weiß, Knoblauchsoße, könnte unsere Gespräche belasten, aber Herr Idur, Riesengarnelen sind nun mal ein Traum für mich und ohne Knoblauchsoße wäre, ja das wäre wie ein Liebesleben ohne Orgasmus."

Nun war es raus, und ich fühle mich sogar gut dabei. Rudi schaut mich verschmitzt lächelnd an und antwortet entgeistert: „Sie reden ja wie ein Mann, aber da möchte ich gerne schwul sein."

Er hat auch immer eine passende Antwort parat, denke ich. Der Ober hat sich leise entfernt und räumt derweil am Nebentisch das Geschirr weg. Als er wieder bei uns am Tisch erscheint bestelle ich: „Bitte Riesengarnelen ohne Knoblauchsoße" und ich sah die großen strahlenden Augen von Rudi und einen offenen Mund. Sein Brustkorb atmet ganz mächtig, seine Hände greifen nach einer Zigarillo, die er nicht gleich finden kann. Was für mich ein Genus ist, ist für ihn eher ernst.

Ich versinke in einen Traum: „Ach wie schön ist doch die Abendsonne draußen, die viel versprechend erscheint, schauen Sie mal, Herr Idur."

Meine Gedanken spielten wie ein Wellengang, was war das bloß in mir unbeschreiblich schön. Assistentin bei Rudi, das wäre doch noch mal eine ganz große Herausforderung für mich, jetzt mit meinen fast 40 Lenzen. Veränderung täte mir auch ganz gut, meinte eine Freundin letztens und ich sei zu festgelegt - geht es durch meinen Dickschädel.

„Herr Idur, ich komme auf Ihre Frage zurück und habe mich entschlossen, darüber nachzudenken."

„Was wollen Sie darüber nachdenken, kommen Sie am Freitag einfach in mein Büro. Meine Partnerin und mein Geschäftsführer, wir werden ein Vierergespräch führen und dann wird man weiter sehen. Wir brauchen aber schon einen Häuptling, keinen Indianer. Das trauen Sie sich doch zu?"

„Ich weiß jedenfalls was Sie meinen, ich kann mich mit einer solchen Aufgabe identifizieren, sie hat einen enormen Reiz für mich. Am Freitag aber bitte erst gegen 18.00 Uhr", lege ich die Zeit fest.

„Ja natürlich, ich verstehe, Ihr jetziges Umfeld soll ja nicht involviert werden. Idur macht ja vieles möglich."

Der Ober kommt mit Speisen um die Ecke geradewegs auf unseren Tisch zu und wäre fast gestolpert. Zwei Riesengarnelen hüpfen dabei vom Teller auf den Boden. Er kehrt sofort mit den Tellern wieder um und eine Küchenhilfe kommt nach wenigen Minuten mit einem Lappen, hebt die Garnelen auf und säubert gleich hinterher. Dann kommt der ältliche Ober wieder mit den Tellern zurück und serviert uns mit einer Entschuldigung unsere Speisen. Mein Teller ist fantastisch hergerichtet, einfach eine Augenweide, aber dafür ist das Restaurant ja bekannt. Ich genieße es mit allen Sinnen. Dann schaue ich zu Rudis Teller rüber. Er hat sich für eine Portion Spargel mit Bratwurst und Kartoffeln entschieden. Auch dieser Teller ist zu einem reinen Augenschmaus garniert.

„Guten Appetit, lassen wir es uns einfach munden", ruft mir Rudi zu und ich angele mir gleich eine Riesengarnele mit meiner Gabel vom Teller, halte sie hoch vor mein Gesicht, Rudi schaut in dem Moment auf zu mir, da platze ich auch schon heraus:

„Die soll ich nun verspeisen - ohne Knoblauchsoße, ob sich das wohl lohnt?" Rudi schaut mich erneut mit seinen großen blauen Augen an, seine Hände halten zitternd das Besteck in Händen:

„An mir soll es nicht liegen!" gibt er strahlend zurück. Ich fange an zu träumen und wäge ein Für und Wider ab. Die junge Frau in seinem Haus kommt mir ins Gedächtnis – wer ist sie?

„Sie haben eine sehr nette Lebenspartnerin", unterbreche ich die augenblickliche Stille.

„Ach so, woher wissen sie das?"

„Sie erwarten jetzt nicht wirklich eine Antwort von mir?"

„Nun gut, ich erkläre Ihnen alles. Meine Cousine, seines Zeichens mögliche Lebenspartnerin, hat Trauerarbeit zu leisten. Wir waren vor ein paar wenigen Jahren liiert, aber sie hat einige Zeit ein Doppelleben geführt und dann sich für den, mehr als ich, gut dastehenden Chef entschieden. Nun ist er plötzlich mit 62 Jahren verstorben – Lungenembolie und das war's – plötzlich und unerwartet aus dem Leben gerissen. Ich habe es in der Zeitung gelesen und sie dann angerufen. Wissen Sie, ich bin alleine in meinem großen Haus. Ich hatte zu ihrer Zeit den Bau angeleiert, aber dann kam es, wie es gekommen ist. Ich fühle mich nicht wirklich gut dabei, aber ein Mann hat da letztlich nicht wirklich Probleme. Wissen Sie, wenn Sie nicht ändern, wie Sie sind, werden Sie immer das haben, was Sie erhalten."

„Also war diese Ehe ihrer früheren Lebenspartnerin kein Schlusspunkt?"

„Für mich schon!"

„Und was ist nun – warum wollen Sie sie trösten oder wollen Sie ihr etwas heimzahlen? Sie sind wohl noch gekränkt?

Ich lenke über: „Darf ich eine neugierige Frage stellen?"

„Wenn sie nicht zu neugierig ist!"

„Warum haben Sie sich eigentlich scheiden lassen und Ihre Frau arbeitet noch mit Ihnen zusammen im Betrieb?"

„Jetzt wollen Sie aber alles genau wissen. Sie müssen wissen, wenn jemand so genial in eine Unternehmensaufgabe – unser gemeinsames Baby – hinein wächst und sich menschlich so rasant weiter entwickelt wie meine geschiedene Frau, also alle Ressentiments mir gegenüber abgebaut hat, dann kann man auch als Geschiedene noch Partner im Unternehmen sein."

„Entschuldigung, aber das ist für mich kaum vorstellbar."

„Frau Adreg, ich glaube, eine solche Entwicklung ist etwas Einmaliges und wie das Unternehmen selbst, wie das Zufallen eines Schwesterunternehmens, alles Geschenke des Himmels."

„Glauben Sie an den Himmel – ich meine an Gott?"

„Wenn Sie mich so fragen, ist mir schon klar, dass es eine Führung des Himmels gibt. Wenn ER nicht gewollt hätte, dass ich eine Vision Unternehmen umsetzen kann, wären meine Bemühungen umsonst. Kurzum, ich akzeptiere, dass es diesen HERRN über mir gibt. Natürlich hoffe ich sehr, dass er mir immer das Gespür für den Erfolg lässt."

„Ich sehe, wenn der Erfolg einmal nicht mehr so sein sollte, wird es problematisch für Sie."

„Ich habe momentan absolut keine Zeit, mich damit auseinander zusetzen." „Aber Sie erkennen doch wohl das Defizit." „Es geht mir gut und ich bin mit Erfolg gesegnet, Frau Adreg, warum sollte ich mich dann um ein Defizit kümmern? Ich benötige weder ein Coaching noch Mentaltraining oder sonst irgendwelche Hilfen."

„Also doch, das Maß aller Dinge! Ich glaube Ihnen nicht, dass es für Sie einen HERRN über Ihnen gibt." In diesem Moment lächelt mich Rudi ertappt an, greift nach meiner Hand, die auf dem Tisch liegt und streichelt sie zart mit den Worten: „Ist das nicht Himmel, wenn ich Sie so sanft anfasse? Sie müssen mir aber nicht antworten, fragen Sie einfach Ihr Herz" und zieht die Hand wieder zurück.

Was für ein Mensch ist dieser Rudi, schießt es mir durch den Kopf. Auf jeden Fall ein Charmeur! Er versteht zu leben oder ist er ein Blender? Er ist nicht wie viele von den Männern um die 60, „Mutters Söhne" geblieben und erfüllten offenbar nicht von klein auf Mutters Aufträge. Er passte sich nicht an oder adaptierte ihre Weltsicht. Nein, er entfernte sich nicht von seiner eigenen Identität.

„He, wo sind Sie? Träumen Sie von einer langen Nacht? „Jetzt sind Sie wieder so direkt und checken ab. Um ehrlich zu sein, ich habe viel zu viel Hirn, sonst hätten Sie nicht so ein brillantes Ergebnis über das 20jährige Firmenjubiläum und die bevorstehende Fusion mit Ihrem Ausbildungsbetrieb erhalten."

„Was ich bisher gelesen habe, war für mich wahre Begeisterung und Feuer, aber ich habe es natürlich noch nicht vollständig gelesen. Apropos Begeisterung und Feuer, ich würde mir wünschen, ein wenig davon in Ihren Adern zu spüren."

„Gut, dass Sie nicht Gedanken lesen können oder können Sie das doch? Schauen Sie, die Abendsonne ist hinter dem Horizont verschwunden" und meine Gefühle werden stürmischer denn je.

Was für ein Abend – Erfolg oder erfolglos! Was willst du eigentlich, Helga, stellte ich mir plötzlich die Frage? Auf jeden Fall nicht im „Bett landen", war mir plötzlich klar. „Herr Idur" stieß ich erregt hervor „es ist 19.30 Uhr und meine Badminton-Stunde hat längst begonnen. Die Kolleginnen warten auf mich. Ich glaube, ich muss mich jetzt verabschieden" und erhob mich temperamentvoll.

„Es war ein irrer Abend, und ich danke Ihnen. Ich bin morgen sehr gespannt auf das Gespräch in Ihrem Unternehmen und freue mich darauf. Ich reiche Rudi die Hand, er erhebt sich und schaut mir wieder tief und warmherzig voller Begeisterung und feurig dazu mit seinen stahlblauen Augen in meine braunen Augen. Und als ich ging, schaute er mir noch hinterher. Ich zog die Tür ins Schloss, und warf ihm noch einen Blick zu und hob dabei die Hand kurz wie eine Königin zu einem Gruß. Sein Blick ging ins Leere, so als ob er aus einem Traum jäh erwacht sei. Feuerprobe bestanden? Irgendwie mag ich diesen Rudi, und ich kann mir gut vorstellen, seinen Büroalltag strategisch zu gestalten, waren meine Gedanken.

Ich lasse mich durch die Badmintonstunde heute besonders fordern und habe ein enorm beschwingtes Spielen drauf, das jeden meiner Kolleginnen in Erstaunen versetzt. „Was ist los mit dir heute Abend, du bist voller Elan, „läuft" wohl alles rund?" scherzte Christel, die Älteste der Spielerinnen. Und sie hat ja so Recht. Auftrieb ist in mein Leben gekommen und wenn ich die Chancen geschickt nutze, kann sicher mein Leben noch interessanter und erfolgreicher werden. So arbeitet man für eine glückliche Zukunft, denke ich.

Ich bin ziemlich groggy und ein bisschen nervös heute am Morgen. Zum einen war der Tag gestern sehr anstrengend, abschließend mit voll Power Sport und zum anderen ist gleich heute Abend der Vorstellungstermin in Rudis Unternehmen. Was wird mich erwarten? Diese Frage, die ich jetzt gar nicht beantworten kann, erzeugt in mir diese spürbare Nervosität Aber was mich nicht umbringt, macht mich nur noch härter, ist immer wieder meine Devise. Je belastbarer du wirst, umso besser und leichter kannst du Probleme lösen, hörte ich vor kurzem in einem Seminar von Persönlichkeits- und mentalem Training.

Das Berufsleben im Schlepptau von Globalisierung erfordert nun mal einen ganz harten Kern, sonst gibt es kein Fortkommen. Und hektisch auf der „Stelle treten" war noch nie meine Art. Wenngleich aber meine beste Freundin meine gegenwärtige berufliche Situation eher so charakterisieren will. Nun, warte ich mal den heutigen Vorstellungstermin ab.

„Guten Tag, Frau Idur", begrüße ich die sympathische junge Frau, die leicht ein Lächeln im Gesicht hat. Sie entschuldigt ihren geschiedenen Mann, der noch einen anderen Termin wahrnehmen muss und etwas später dazu kommen wird. Dann stellt sie mir den Geschäftsführer des Unternehmens, Herrn Eisenbart vor. Ein junger Mann, der ebenfalls einen sehr dynamischen Eindruck macht. Er erscheint mir sehr passend zum Geschäftsleitungsteam. Frau Idur ergreift das Wort und gibt mir ein wenig Beschreibung mit Erwartungen an die neu zu schaffende Stelle.

Da geht die Tür auf und Rudi begrüßt alle mit einem freundlichen Hallo. Dann reicht er mir die Hand mit dem gewohnt tiefen Blick in die Augen, wobei meine Knie schon ein bisschen weich werden, und ich leicht kalte Hände bekomme.

„O je, Sie sind ein Kaltblüter", höre ich Rudi sagen. Es herrscht augenblicklich Hochspannung und leidenschaftliche Liebe liegt in der Luft...

Die Gespräche verlaufen schließlich in einer harmonischen Art und Weise und meine Aufregung legt sich mehr und mehr. Ich bin schließlich ganz locker drauf und laufe dabei ein wenig zur Hochform auf. Schließlich nach einer Stunde ist das Miteinandersprechen soweit beendet, dass man sich nach ein paar Tagen gerne wieder bei mir melden will, sobald alle Bewerbergespräche abgeschlossen sind. Man gibt mir aber soweit zu verstehen, dass ich bereits eine der Favoritinnen bin. Das höre ich aus dem Munde von Rudi, was mich natürlich weniger verwundert.

Montag früh ruft mich Rudi in der Redaktion an und möchte gerne mit dem Bericht „20 Jahre Idur und eine Schwester im Schlepptau" vorbei kommen, um noch einige Details streichen zu lassen.

„Mit was sind Sie nicht einverstanden, Herr Idur, ich denke, dass alles brillant ausgearbeitet und treffend wiedergegeben ist!"

„Ja, schon, aber ich habe mir überlegt, die persönlichen Details möchte ich doch ein bisschen anders dargestellt haben."

„Wollen Sie jetzt kneifen, das macht das ganze doch erst interessant. Sie haben doch immer schon ihr eigenes Ding gemacht und Sie sind doch nicht bindungsgestört. Sie haben doch die negativen Beziehungserfahrungen nicht mit Leistung kompensiert? Sie sind ein Visionär und sind wie Sie sind. Sie haben als Firmeninhaber nicht wirklich den Druck der nachdrängenden 35-/40-jährigen Karrieristen und Sie müssen auch keine 60-Stunden-Woche haben, wenn Sie es nicht wollen. Sie sind ganz oben und sozusagen Alleinherrscher mit ihrem Team. Ihre Lebenspläne sind doch nicht gescheitert, im Gegenteil, man karrt Ihnen noch mehr zu. Man hat Vertrauen in Ihr Können und man gesteht Ihnen ein umfangreiches persönliches Liebesleben zu. Das ist doch Ihre zweite Natur, warum wollen Sie es anders darstellen. Einfach sagen wie es ist und zu sich stehen", höre ich mich ohne Punkt und Komma auf ihn einreden. Am anderen Ende ist es ganz still geworden. „Hallo, Herr Idur, sind Sie noch dran?"

„Ja natürlich, aber ich überlege. Wissen Sie, ich komme einfach mal mit meinen Ideen vorbei, vielleicht sind die sogar noch besser, aber das sollen Sie dann letztlich entscheiden." Puh, das war jetzt ein hartes Stück Arbeit mit diesem Rudi – Mann-Oh-Mann. Jetzt haben wir den Bericht so genial in unsere Fortsetzungsreihe eingepasst und nun will er doch etwas anderes. Ich glaube ich träume. Wenn Rudi gleich kommt, muss ich meinen ganzen Charme und mein Können aufwenden, um ihn erfolgreich zu überzeugen, sonst habe ich Minuspunkte bei unserem Chefredakteur, denke ich in meinem gestressten Kopf.

Da fährt auch schon die Mercedes-Stern-Limousine auf den Parkplatz-Hof und dieser strahlende Casanova Rudi entsteigt ihr mit dynamischen Bewegungen. Ich beobachte es von meinem Fenster aus und bin wieder einmal überrascht, wie gut dieser Mann um die 60 doch noch ausschaut und drauf ist. Eigentlich stehe ich nicht auf älteren Männern, aber Rudi, der gefällt mir schon sehr. Er verkörpert den „Mann von Welt", natürlich charmant, jenseits vom Mittelmaß mit vielen Vor- aber auch mit Nachteilen, ist mir plötzlich bewusst.

Da klopft es auch schon an meiner Tür. „Kommen Sie herein, bitte", rufe ich und Rudi erscheint mit strahlenden Augen, in seiner ganzen Größe bleibt er in der Tür etwas stehen und schaut mich an, dann geht er weiter und schließt die Tür hinter sich. Ich erhebe mich, gehe ihm entgegen und begrüße ihn ebenso strahlend. Schmetterlinge machen sich wieder und wieder in meinem Bauch breit, aber ich ignoriere sie und bitte Rudi auf meinem Besuchersessel Platz zu nehmen. Er kramt den Bericht aus seiner Aktentasche hervor, und ich sehe viele rote Streichungen darauf, rechts außen stehen Sätze und Wörter mit Hand geschrieben.

„Nun schauen Sie mal, ob ich da so verkehrt liege?" Ich lese es mir langsam durch und werde immer aufgeregter dabei. Was wird Herr vom Windeverweht dazu sagen, sind meine Gedanken.

„O je, so polarisieren wollen Sie" bemerke ich aufgeregt. „Ich will im persönlichen Teil die Wahrheit sagen, auch wenn sie nicht jedem passt. Neben einer Ehefrau, wenn es die überhaupt gibt, gibt es eine Geliebte, daran muss man sich gewöhnen und das können Sie ruhig so ausdrücken, das ist eben meine ureigene Lebensvorstellung. Solche Männer gab es schon zu allen Zeiten, und ich bin eben so einer der neuen alten Zeit. Aber dafür bin ich auch nie langweilig. Es gibt doch nicht schrecklicheres als ein langweiliger Mensch oder?

Ich präsentiere immer wieder neue Visionen in meiner Umgebung. Das sollte stärker herausgestellt werden. Ich bin Rudi Idur und der passt nun mal nicht in das herkömmliche Idealbild von Mann, der höchstens mal still und heimlich, äußerst verschwiegen eine Geliebte hat und dann doch wieder einen Rückzieher macht. Nein ich stehe dazu, gegebenenfalls mit allen Konsequenzen, wenn mir das ein besseres Lebensgefühl verleiht. Oder ist daran etwas schlecht?"

„Na, ja, Herr Idur, vielleicht stehen Sie eines Tages mit diesem Lebensmotto einmal persönlich alleine da?"

„Das habe ich auch schon hinter mir, ist nicht so toll, aber da habe ich mir etwas einfallen lassen und mit meinem Charme dazu, siehe da, geradezu wie von Zauberhand stand wieder eine Partnerin für mich bereit. Wer will schon alleine sein und meistens passte es sich für mich ja auch. Also, Frau Adreg – dabei fasste er mit seiner Hand an meinen Arm – nicht so ängstlich, lassen Sie Ihren Gefühlen einfach freien Lauf und Sie werden Wunder erleben."

Ich zog meinen Arm weg, ich wollte nicht mit den Schmetterlingen auch noch spielen. Ich hatte genug von diesem Rudi, es reichte mir ein für allemal. Was sollte ich mit so einem Mann, der über die Gefühle einer Frau hinweg geht, wenn und wie es ihm gerade passt.

„Nun gut, Herr Idur, wir werden Ihrem Wunsch nachkommen und den Bericht etwas polarisierend gestalten." Das könnte den Zeitschriftenabsatz doch nur steigern, waren meine Überlegungen und mal schauen, wie Herr vom Windeverweht dazu steht?

Ich war stark „ernüchtert", die Schmetterlinge verflogen und so erhob ich mich nun aus dem Sessel, um Rudi zu verabschieden. Da war er wieder, dieser tiefe warmherzige Blick aus seinem strahlend blauen Augenpaar, so verständnisvoll und so, als könnte er kein „Wässerchen" trüben, der tollste Mann fürs Leben. Was für ein Mensch, dachte ich und eher traurig schaute ich Rudi hinterher als er die Tür dann ins Schloss zog.

„Anstrengend dieser Mensch, eine wahre Herausforderung mit seinem Lebenswandel, dieser Rudi. Mann-Oh-Mann, der kann ja echt nerven", schimpfte ich vor mich hin und hatte das Zimmer von Herrn vom Windeverweht betreten.

„Gibt's Probleme mit Rudi, Frau Adreg?" „Lesen Sie sich das einfach mal durch, welche Änderungen er haben möchte." „Änderungen – das geht gar nicht", antwortet Herr vom Windeverweht. „Aber ehrlich gesagt, spektakulär ist es schon. So etwas wollen die Menschen doch lesen und dass ist doch gut für unseren Absatz, überdenken Sie mal. Jetzt noch eine knackige Überschrift, und wir setzen gleich hunderttausend Exemplare mehr um. Wenn wir das so umsetzen, sind wir doch der Gewinner oder?" richte ich die Frage an Herrn vom Windeverweht.

„Da fällt mir spontan dazu ein: ‚Visionär in allen Lebenslagen'."

„Klingt perfekt, lieber Herr vom Windeverweht, wusste ich doch, dass Sie sich hinein denken können."

„Was soll das heißen? Diese Frauen", spricht er vor sich hin. „Keine Diskussionen weiter, ich bringe gleich den Bericht noch in die endgültige Fassung und dann geht er ab zum Verlegen."

„Legen Sie ihn aber noch unserem Chefredakteur vor."

„Das ist ja klar, ohne seine Unterschrift, läuft hier doch gar nichts."

Heute am Freitagnachmittag, 14.00 Uhr, klingelt mein Handy. Nanu, wer ist denn das jetzt? Ich melde mich mit: „Hallo, hier Helga Adreg."

„Schön, dass ich Sie erreiche, hier Trixi Idur von Firma Idur, können Sie heute spät Nachmittag gegen 17.30 Uhr noch einmal bei uns reinschauen, wir möchten den Arbeitsvertrag als Geschäftsleitungs-Assistentin mit Ihnen schließen, wenn das für Sie okay ist. Rudi Idur wird nur kurz dabei sein, alles andere regeln wir beide dann gemeinsam. Ich habe soweit alles vorbereitet."

Dabei bin ich nun doch etwas überrascht, gebe aber meine Zustimmung, dass ich kommen werde. Das Gespräch ist bereits beendet, da klopft Herr vom Windeverweht an meiner Seitentür.

„Ja, bitte."

Die Tür geht auf und er schiebt seinen Kopf neugierig fragend zu mir herein: „Hätten Sie Lust mit mir gleich noch etwas Essen zugehen, wir hatten doch heute einen sehr anstrengenden, aber erfolgreichen Tag und am Montag gibt es die sensationelle neue „Sternen-Auflage" mit Rudi Idur auf dem Titelblatt." „Ach du meine Güte, wer hat das nun schon wieder entschieden?" Mir blieben die Worte weg. „Rudi prangt auf der August-„Sternen"-Auflage.

„Sommerloch oder wie", war meine Antwort. „Nein, ich will Ihnen alles erzählen."

„Leider bin ich um 17.30 Uhr schon verabredet, aber wir könnten gleich noch gemeinsam einen Kaffee trinken?"

So überaus neugierig war ich jetzt. „Wenn ich Sie nicht verstehen könnte, würde ich es verneinen. Dann lassen Sie uns auch gleich aufbrechen. Ich fahre schon vorweg, weil ich noch kurz zur Bank muss und wir treffen uns im Cafè Moritz oben auf dem Berg, ca. 14.30 Uhr."

„Okay, dann hole ich schnell den Bericht beim Chef ab und gebe ihn abschließend zur Verlegung." „ Hier ist er schon."

„W o w, welch ein Foto, wer hat das geschossen? Super diese Pose von Rudi, das passt haargenau zum Titel und überhaupt!"

„Trixi Idur, die geschiedene Frau von Rudi, mailte es heute Morgen auf meinen PC."

„Das bricht ja alle Rekorde in unserem Sommerloch August. Schicken Sie es mir rüber auf meinen PC, damit ich es dem Bericht noch anhängen kann. Dann ist es soweit, nur noch auf „senden" drücken und am Montag werden die vielen „Stern"-Leser ein revolutionäres, polarisierendes Kapitel aufschlagen können...."

Natürlich bin ich als erste im Kaffee angekommen und nehme im hinteren Bereich Platz, damit man den gesamten Blick auf den großen Raum werfen kann. Rote Plüschsessel geben eine angenehme Atmosphäre. Was mir wohl Herr vom Windeverweht für Neuigkeiten mitteilen will, sinne ich nach.

Über meine Veränderungsabsichten möchte ich aber nicht sprechen, ich weiß noch gar nicht, ob ich das wirklich will. Assistentin von Rudi, die Alltagsroutine zweier Firmen von Rudi fernhalten, das muss ja Stress pur sein, geht es in meinem Kopf rund. Da betritt auch schon Herr vom Windeverweht den Raum und schaut sich suchend um. Er sieht mich und kommt auf meinen Tisch zu.

„Hallo, Frau Adreg, wissen Sie, Parkplätze vor der Bank ist Freitagnachmittag einfach nur nervig, darüber habe ich doch glatt vergessen, eine dringende Überweisung einzuwerfen... Also, auf dem Rückweg das gleiche Prozedere erneut. Und wissen Sie, wer mir begegnet ist - der 80jährige Unternehmer Adolf Saj. Ich habe ihn mir mal genauer angeschaut und ein paar Worte mit ihm gewechselt. Er geht ja glatt für 66 durch und hat einen immensen Charmeurpegel. Ja, für den fängt wirklich mit 66 erst das Leben an. Wobei wir gleich beim Thema sind. Die attraktive Trixi Idur soll nämlich eine Verbindung mit ihm haben."

„Stark, Ihre Neuigkeiten. Wie schätzen Sie das ein? Des Geldes wegen, doch wohl kaum? Da muss doch Herz im Spiel sein oder hat die einen Vater-Komplex?"

„Schwierig zu sagen. Ist ja auch egal, ich bestelle mir erst mal eine Tasse Kaffee und ein schönes Stück Sachertorte. Was mögen Sie?"
„Ich habe schon bestellt, Cappuccino mit Joghurttorte."

„Ach ja, wegen Ihrer Figur, ehrlich gesagt, das ist mir im Moment egal, ich habe einen Heißhunger auf Sachertorte und die muss es dann auch für mich sein. Wissen Sie, dickliche Männer werden vollkommen akzeptiert, aber bei Frauen, da legt man einen strengen Maßstab an."
„Wer? Natürlich die Männer produzieren diese Vorstellungen und verbreiten sie in alle Welt, so, dass selbst die Frauen, diese Ideale unbewusst und kritiklos in ihr Leben übernehmen.

Aber zurück zu dem Paar Trixi Idur und Adolf Saj. Sind Sie sicher, dass das nicht nur ein Gerücht ist?"

„Sie wissen doch, Gerüchte haben stets einen Wahrheitsgehalt von über 99 Prozent, siehe unsere „Stern"-Ausgabe vom Mai dieses Jahres. Da haben Sie doch noch die Recherchen geführt und waren von der ausgerechneten Zahl von 99 % dann sehr überrascht, haben immer wieder nachgerechnet und der Rechner hat Sie schließlich überzeugt. Das ist mir lebhaft in Erinnerung geblieben."

Unsere Kuchengedecke werden soeben serviert, aber eigentlich habe ich jetzt gar keinen Appetit mehr darauf. Nervös denke ich an den Termin bei Rudi und bin etwas geistesabwesend. Herr vom Windeverweht bemerkt dass, fuchtelt mit seiner Hand vor meinem Gesicht und fragt: „Wo sind Sie eigentlich, augenblicklich bestimmt nicht hier?"

„Ach ja, ich habe gerade überlegt, dass ich eigentlich keinen Appetit auf diese Joghurttorte habe. So eine Sahnetorte wäre mir doch schon lieber."

„Das haben wir gleich" und schnell hat Herr vom Windeverweht die Torten ausgetauscht.

„Dazu sind Sie bereit" und schaue ihn entgeistert an. „Na klar, so einer netten Mitarbeiterin erfüllt man doch jeden Wunsch. Wissen Sie, wenn ich ehrlich bin, diese Torte ist mir jetzt auch zu mächtig. Mein empfindlicher Magen, denn gegessen habe ich heute Mittag noch nichts."

„Herr vom Windeverweht, ich denke jetzt an den 80jährigen Unternehmer und die vielleicht 55jährige Trixi Idur."

„Warum ist das so außergewöhnlich für Sie, denken Sie doch an unseren Altbundeskanzler und seine junge Frau. Da sind noch viel mehr Jahre Altersunterschied und eine große Liebe ist es auf beiden Seiten, wie unser Interview vor kurzem glaubhaft berichtete."

„Ja, die „große Liebe" gibt es auch zwischen großen Altersunterschieden, das ist nicht nur Gleichaltrigen oder jungen Leuten vorbehalten", hatte mir der Altkanzler überzeugend versichert.

Ich schaue auf die Uhr und werde spürbar nervös. „Ich muss mich jetzt verabschieden, meine Zeit drängt" und signalisiere der Kellnerin, zahlen zu wollen. „Eigentlich bin ich neugierig, was Sie für einen Termin noch wahrnehmen müssen, weil Sie plötzlich so nervös sind." „Nichts von Wichtigkeit, mehr Routine."

„Keine Ahnung, was ich mir darunter vorstellen muss." Ich reiche meinem Kollegen die Hand und bin auch schon auf der Treppe abwärts verschwunden. „Warten Sie, nicht so schnell, ich gehe doch mit." Das überhöre ich aber glatt und besteige mein Auto mit vielen Gedanken, dass ich vielleicht bald einen neuen Arbeitsvertrag unterschreiben werde?

Rudi begrüßt mich wieder mit dem gewohnt tiefen warmherzigen Blick in die Augen. Trixi Idur reicht mir ebenso freundlich die Hand, und wir sitzen in einer Dreierrunde. „Können Sie sich vorstellen, künftig bei uns hier zu arbeiten."

„Um ehrlich zu sein, ich benötige noch etwas Bedenkzeit, aber angefreundet habe ich mich sehr wohl mit dem Gedanken."

Dann werden die finanziellen Details exakt besprochen und Rudi verabschiedet sich eilends aus dem Gespräch, weil er im Schwesterunternehmen noch einen Termin wahrzunehmen hat, gibt er als Grund an.

„Anfangstermin sollte nach Möglichkeit der 1. Oktober sein", ruft Rudi beim Hinausgehen. „Obwohl ich drei Monate Kündigungsfrist habe?" richte ich die Frage an Frau Idur.

„Sie sollten halt mal hören, was machbar ist", antwortet sie mir. Weiter erzählt mir Trixi Idur noch einiges über so einen Tagesablauf und gibt mir Hintergrundinformationen zum Unternehmen. Es entsteht ein ganz lockeres in guter Atmosphäre stattfindendes interessantes Gespräch.

Nach einer weiteren halben Stunde überreicht sie mir die Vertragsunterlagen und erbittet diese im Laufe der kommenden Woche unterzeichnet und Anfangstermin endgültig geklärt, zurück. Ich erlebe Trixi Idur als eine ‚Chemie stimmige Persönlichkeit', die die Fäden des Unternehmens mit großer Umsicht in ihrem Bereich in Händen hält. Dann verabschieden wir uns und für mich bleibt die Frage offen, treffe ich wirklich für dieses Unternehmen meine richtige Entscheidung?

Auf der Rückfahrt denke ich viel über das Gehörte und Gesagte nach und es fällt mir immer noch schwer, eine Entscheidung überhaupt fällen zu können. Eines Teils möchte ich diese neue Herausforderung annehmen, aber andererseits ist die gute Gewohnheit der vertrauten Arbeit auch ein sicherer Glücksgarant. Ich bin mir einfach unschlüssig und will jetzt auch nicht weiter darüber nachdenken. Die Entscheidung soll sich sozusagen über Nacht ergeben. Mal spüren, welches Gefühl mich so in den nächsten Tagen überkommt!

Aber darüber muss ich noch ein wenig nachdenken... dieser Rudi, was erwartet der eigentlich von mir? Er ist ein Casanova-Held, dem die Frauenwelt zweifellos immer und immer wieder erliegt. Aber was hat das mit mir zu tun, erwartet er etwa eine Liebelei? Ich meine, die Beantwortung dieser Frage wäre schon sehr wichtig für mich und würde mir die Entscheidung leichter machen. Andererseits kann man so etwas nie voraus sehen, die Schmetterlinge kommen und gehen, ganz nach Belieben… so ist eben das Schicksal von vielen Ehen in unserer Welt. In welcher Welt leben wir eigentlich? Weitgehend war es für unsere Eltern-Generation kein Thema. Zum mindesten hat man sich vielleicht der fehlenden Finanzen wegen immer wieder zusammen gerauft und viele Ehepaare überstehen natürlich das Kommen und Gehen der Schmetterlinge auch unbeschadet. Und manchmal kommen Krankheiten, schwere Krankheiten und die Ehepartner stehen immer noch zueinander. Was ist das Geheimnis solcher Ehepaare? Ein Füreinander-Geschaffen-Sein ist es allemal. Ein immer wieder neu zum Partner ‚Ja' sagen in den vielen gemeinsamen Jahren!

Das Treffen mit einem mir nahestehenden Freund hat viel Klarheit in meinen Entscheidungsprozess gebracht: Dieser Rudi - Mann - Oh - Mann ist ja mit allen Wassern gewaschen und letztlich geht es nicht um mich, sondern um das was Rudi will. ‚Das Spiel mit einer Unbekannten', aber das kann ich nicht wollen. Meinen intakten beruflichen Weg aufs Spiel setzen und beenden!? So setze ich mich an meinen PC und schreibe eine höfliche aber bestimmte Absage, dass ich mich leider nicht für die Tätigkeit im Unternehmen Idur entscheiden kann. Der Absagebrief mit den Vertragsunterlagen geht heute am Sonntag per Post noch raus. Mit dieser Entscheidung bin ich dann wenigstens erlöst, denn ein Arbeitsplatz und eine mögliche Liebelei passen für mich nun doch nicht zusammen. Ich bin mir keineswegs sicher, dass ich diesem Rudi, der nahezu einen unwiderstehlichen Charme entwickelt, permanent widerstehen kann.

Am Montagmorgen Punkt 9.00 Uhr betrete ich mein Büro, da schrillt mein Telefon. „Hier Rudi Idur, hallo, Frau Adreg, haben Sie die neue Sternausgabe schon in Händen gehabt? Sie ist ein journalistisches Zauberwerk, danke für Ihre Mühe. Ich bin sehr zufrieden. Sie haben zwar ein bisschen Satzumstellungen vorgenommen, aber das klingt alles trotzdem flüssig, progressiv und polarisierend."

„Ja, Herr Idur, unser Chefredakteur hatte noch ein bisschen Streichungen und Änderungen vorgenommen, darauf habe ich keinen Einfluss mehr nehmen können. Aber es ist doch alles gut gelungen, wie Sie sagen. Ich habe meinen Postkasten heute Morgen noch gar nicht geleert und deshalb das Exemplar auch nicht in meinen Händen. Jetzt bin ich aber sehr gespannt. Ich werde es mir gleich anschauen. „Gerne erwarte ich Ihre persönliche Post noch diese Woche. Einen schönen Tag für Sie und auf wiederhören", beendet Rudi das Telefonat. Just in diesem Augenblick klopft Herr vom Windeverweht und noch ehe ich geantwortet habe, betritt er begeistert mit dem heute erschienen Stern-Exemplar mein Büro mit den Worten:

„Der Rudi-Bericht ist eine wirkliche Sensation. Schauen Sie es sich an. Ich bin sehr gespannt, wie viel höher der Umsatz sein wird? Das muss man dem Mann ja lassen, er ist enorm fotogen und seine Gestik dabei – höchst professionell. Er verkörpert alles, was den Mann um die 60 Jahre ausmacht. Sind Sie vorsichtig, dieser Mann ist wirklich gefährlich" und schaute mir penetrant ins Gesicht. Ich spürte wie Röte sich über mein Gesicht legte.

„Hallo, Sie werden ja rot, haben Sie etwa schon eine Affäre mit diesem Rudi. Ja, ja, die wundervollen Frauen über vierzig."

„Sie werden ja lästig, selbst wenn ich eine Affäre hätte, Sie würden kein Sterbenswörtchen dazu erfahren, also warum so neugierig? Ich habe heute Vormittag eine Terminsache zu erledigen, bitte Herr vom Windeverweht, ich muss mich jetzt sputen" und verlasse den Raum, um meine Post abzuholen.

Ja, wirklich, ein tolles Cover. Dieser Rudi gestikulierend und in einer Pose darauf, das spricht die Menschen sehr an und der Bericht dazu, so spannend wie nie zuvor eine Fortsetzungsreihe gestaltet wurde. Wie hatte Rudi gesagt – ein „journalistisches Zauberwerk". Ich will uns ja nicht loben, aber diese Aussage bringt es auf den Punkt.

Heute am Mittwoch, bin ich zwei Minuten später im Büro, da läutet mein Handy in einem melodisch aufmunternden Ton. Ich ahne es schon und so ist es auch, Rudi in der Leitung und es tönt mir ganz freundlich entgegen: „Hallo, Frau Adreg, ich bin von Ihrer Post heute sehr überrascht worden, aber können wir uns heute Abend noch einmal zusammensetzen?"

„Herr Idur, es gibt für mich eigentlich nichts weiter dazu zu sagen, meine Entscheidung ist getroffen und sie war für mich nicht einfach" „Ich will Sie auch nicht umstimmen, Ihre Entscheidung akzeptiere ich vollkommen, aber… hören Sie mich einfach heute einmal an, was ich Ihnen zu sagen haben, es dürfte Sie sehr interessieren", antwortete Rudi mit seiner bekannt charmanten Freundlichkeit.

„Ich kann aber dann nicht mit Ihnen essen, weil ich um 20.00 Uhr zu einem anderen wichtigen Termin erscheinen muss, den kann ich leider nicht verlegen. Wir haben etwa 1 Stunde zum Plaudern Zeit. Ist das okay?"

„Ja, meinetwegen, es ist zwar sehr schade, aber die Zeit wird reichen. Ich bin dann zwei Wochen auf Reisen, möchte vorher mein Anliegen mit Ihnen besprechen, liebe Frau Adreg."

„Eigentlich bin ich so kein neugieriger Typ, aber jetzt bin ich doch neugierig und gespannt, Herr Idur." „Das seien Sie nun auch", entgegnete Rudi und beendet das Telefonat mit mir.

Was er mir wohl Neues zu erzählen hat, dieser Rudi, frage ich mich mit großer Ernsthaftigkeit. Ich habe mich entschieden, meine Arbeitsstelle nicht zu wechseln, aber darüber will er mit mir nun gar nicht mehr reden, das hat er mir versichert. Dabei kann ich mir beim besten Willen nicht vorstellen, was es sonst zwischen uns zu reden gäbe. Meine punktuellen Schmetterlinge im Bauch, das ist doch meine höchst persönliche Sache und nachdem sich dieser Rudi umfangreich im Interview geoutet hat, sind ohnehin die Schmetterlinge bei mir flux verflogen. Wer will einem Mann erliegen, der mit mehreren Frauen gleichzeitig Beziehungen pflegt – und auf solch eine Konstellation legte er im Bericht seinen ganz besonderen Wert. Damit weiß ich doch genau, wes Liebhaberkind er ist. Was soll ich mir von ihm nun anhören? Dabei ärgere ich mich im Nachhinein, dass ich zu diesem Termin überhaupt mein Jawort gegeben habe. Es gibt eigentlich nichts, was ich mir von diesem „Mann-Oh-Mann" so dringend anhören möchte. Hat er Probleme mit seiner neuen alten Lebenspartnerin, die zu ihm zurückgekehrt ist und er braucht jetzt eine Auszeit? ... Wie dem auch sei, in ein paar Stunden werde ich viel mehr wissen, als mir vielleicht lieb ist.

Puh, war das heute ein stressiger Tag. Meeting mit dem Chefredakteur und allen anwesenden Journalisten. Jeder will irgendwie etwas anderes durchsetzen und verschiedene Meinungen sollen schließlich zu einem Ganzen für ein weiteres großes Projekt zusammenwachsen. Für mich als einzige Frau in dieser Männerdomäne nicht ganz einfach. Zu gerne „buttern" die Männer einem ja unter. Da muss man schon gezielten Sachverstand walten lassen und geschickt überzeugend argumentieren, ohne gleich betroffen zu sein, wenn mehrere Meinungen gegen meine sprechen. Man muss um das beste Argument überzeugend kämpfen und es versuchen durchzusetzen, das kann schon mal stressen. Aber Spaß macht es hier auf jeden Fall. Schreiben ist mein Talent und da machen mir die wenigsten Männer wirklich etwas vor. Meiner Absage an Rudis Unternehmen muss ich deshalb auf keinen Fall nachtrauern, auch wenn meine beste Freundin eher den Wechsel für mich sieht. Die steckt nicht im Detail und zu entscheiden habe ich das immer noch, basta!

Ich fahre auf den Parkplatz des vereinbarten Treffpunktes mit Rudi. Leider sehe ich seinen Wagen hier noch nicht stehen. So beschließe ich, mich zunächst an die Hotelbar zu setzen, so wie er es mir vorgeschlagen hat, falls er nicht pünktlich da sein sollte. Ein junger, sehr gutaussehender Mann auf einem Barhocker unterhält sich mit dem Barkeeper, dreht sich nach mir um, taxiert mich in Sekundenschnelle von oben bis unten und meint schließlich: „Hier ist noch ein Platz frei." Das überhöre ich gekonnt, schaue ihn ganz freundlich an, lächele und setze mich im rechten Winkel zu ihm. Der Barkeeper reicht mir die Getränkekarte und gibt mir die Information, dass die Cocktails auf dieser aufgeschlagenen Seite bis 20.00 Uhr nur 5 Euro kosten. Ich danke ihm für die Information und bestelle schließlich einen Eiskaffee. Der gutaussehende junge Mann kommt kurzerhand näher zu mir und überschüttet mich mit Komplimenten, dass ich wunderhübsch aussehe und genau sein Typ wäre. Er habe sich augenblicklich verliebt. Ich spüre förmlich wie die Röte in mein Gesicht treibt, weil ich ihn auch sehr ansprechend finde und die bekannten Schmetterlinge sich wieder mal in meiner Magengegend versammeln.

Mein Leben rauscht im Zeitraffer an mir vorbei und ich denke, soll das nun der Mann fürs Leben sein? Der Barkeeper reicht mir meinen Cocktail und der junge Mann will mit seinem Longdrink mit mir anstoßen: „Ich heiße Martin und Sie sind sicher Helga?"

„Woher wissen Sie das?" „Ach nur so auf Verdacht, ich kannte mal eine ebenso hübsche Frau wie Sie und die hieß halt Helga, deshalb heißen hübsche Frauen für mich jetzt immer Helga." Dabei verfinstert sich sein Blick zur Seite. Ich wende mich um und hinter mir steht Rudi, beide Hände auf den Rücken gehalten und mir etwas irritiert fragend zugewandt: „Nanu, ist das Ihr Freund?"

„Nein, nein, wir haben uns gerade kennen gelernt, weil ich ja pünktlich hier war, aber Sie waren noch nicht da."

„Nun, dann gehen wir rüber ins Gildehaus, ich habe schon Plätze reserviert", erklärt mir Rudi. Dann wendet er sich geschickt um und geht voraus.

„Ich trinke meinen Cocktail noch aus, dann komme ich auch" und trinke genüsslich. Just in diesem Moment steckt mir der gutaussehende Herr seine Visitenkarte zu und meint:

„Da es offenbar nicht Ihr Freund ist, möchte ICH Sie unbedingt gerne wieder sehen. Ich war sehr erfreut und gab ihm schnell meine Visitenkarte mit den Worten: „Dann rufen Sie mich doch einfach an, ich freue mich" und verschwand.

Ich betrete das Lokal, schaue und sehe Rudi am Tisch rechts in einer kleinen Nische stehen. Auf dem Tisch liegt ein wundervoller dunkelroter Baccara-Rosenstrauß. Rudi bittet die Bedienung um eine Blumenvase und stellte den Strauß in die große Nischen-Ecke. Ein bisschen erstaunt bin ich schon und sage dann fast naiv:

„Ein wundervolles Rosengebinde, sicher wollen Sie es Ihrer Lebenspartnerin mitbringen; hat sie Geburtstag oder ist sonst ein denkwürdiger Tag heute für Sie beide?" Ich erwarte dabei nicht unbedingt eine Antwort von Rudi, aber er gab sie mir:

„Wissen Sie, ich verschenke gerne Rosen an Menschen, die mir etwas bedeuten und Sie bedeuten mir absolut viel. Für Sie möchte ich sogar meinen Lebensstil verändern, dass ich neben einer Ehefrau oder Lebenspartnerin nicht auch noch eine Geliebte habe. Ich habe sehr nachgedacht und ich möchte, dass Sie bei mir einziehen und das Leben mit mir teilen. Dass wir uns miteinander verbinden und wenn Sie wollen, mache ich Ihnen sogar heute, jetzt gleich einen Heiratsantrag, weil mein Herz so voll unendlichem Glück in Ihrer Umgebung ist. Als Zeichen, dass ich ab sofort ein ganz anderes Leben führen möchte, darf ich Ihnen diese dunkelroten Rosen überreichen. Sie müssen mir jetzt nicht antworten, das können Sie, glaube ich, jetzt gar nicht. Sie kennen mich, wie ich war. Sie haben ein ehrliches Interview von mir erhalten und wahrscheinlich hat es Sie sehr ernüchtert und Sie brauchen jetzt Zeit, um alles zu verarbeiten, zu ordnen, um zu einer Antwort zu kommen. Ich lasse Ihnen diese Zeit. Ich bin jetzt zwei Wochen auf Reisen, aber ich darf Sie doch zwischendurch anrufen?"

„Herr Idur, mir verschlägt es vollkommen die Sprache, mit einer solch gravierenden Frage habe ich heute nicht im Geringsten gerechnet, ich weiß im Augenblick gar nicht was ich denken soll? Ich bin wahrlich nicht als Ihre „Liebe" hierhergekommen. Um ehrlich zu sein, ich kann Ihnen auch nicht glauben. Sie sind ein Mensch, wie Sie selbst sagten, der sich im Leben nimmt, was er will, egal was der andere wirklich will. Sie erwarten, dass der Partner Ihnen gibt, was sie wollen und dann wollen Sie plötzlich wieder etwas ganz anderes und lassen den Partner, Partner sein und gehen Ihre Wege. Auch Kosten ist für Sie niemals ein Thema oder ein Hinderungsgrund. Mag der Partner doch sehen, wie er die „hinterlassenen Scherben" zusammen fegt. Sie haben plötzlich andere Wünsche, Vorstellungen und Prioritäten. Außerdem spielen Sie vor, ein finanziell reicher Mann zu sein, der sich seine ungezügelten Vorstellungen alle erlauben kann, aber sind Sie das wirklich? Entschuldigung, wenn ich so ehrliche Fragen an Sie stelle, eigentlich steht mir das nicht zu, aber Sie haben mich gefragt, ob ich mit Ihnen das Leben teilen will und ich habe nur all meine Bedenken angemeldet."

Augenblicklich bringt die Bedienung zwei Gläser Champagner und Rudi reicht mir eines davon. „Champagner, mich würde interessieren, was so ein Glas hier kostet."

„Es ist erschwinglich, Frau Adreg, ich wusste nicht, dass Sie so kostenbewusst sind. Wir nehmen doch alle nichts mit", gab Rudi zu bedenken. „Aber ich bin jung und habe vielleicht ein halbes Leben noch vor mir, wie kann ich da denken, wir nehmen doch alle nichts mit…. Außerdem, ich kann mein Geld nur einmal ausgeben und was ich ausgegeben habe, kann niemals Zinsen und Zinseszinsen erbringen und mir den Druck, Geld verdienen zu müssen mildern."

„Was sind das für gescheite Reden?" „Diese Gedanken gehören wohl nicht in Ihre Welt, Herr Idur? Aber die sind für mich wichtig, weil sie mein Leben mit ausmachen. Was ich mir leiste, habe ich gefälligst auch bezahlt, alles andere leiste ich mir nicht – so einfach ist das für mich."

Meine Gedanken zu diesen Ausführungen bringen mich auf eine sehr nüchterne Gefühlsebene und verstandesmäßig bin ich wirklich gut drauf, um mich gegenüber diesem Rudi zu behaupten und ihn von einer Liebelei abzubringen. Ich wusste, wenn ich das heute Abend hier nicht elegant schaffe, werde ich einen schwierigen Weg mit ungewissem Ausgang gehen. Rudi schaute mich eher unterlegen an, aber er gibt nicht auf. Er steht auf, nimmt den Rosenstrauß und stellt sich vor mich aufrecht hin.

„Nehmen Sie diesen Strauß mit nach Hause, es sind so viele Rosen, wie ich Tage unterwegs sein werde. Und danach lade ich Sie in mein Haus ein, und wir werden prüfen, was unsere Herzen dazu sagen." „Sie sind wirklich ein Donnerwetter, denn Sie wissen immer einen Ausweg nach Ihren Vorstellungen zu gehen. Das kennzeichnet Sie zwar für mich als starke Herausforderung, aber ich sehe auch sehr wohl die Kehrseite dieser Medaille: Sie werden immer machen, was Sie wollen. Es gibt für Sie keine Kompromisse und Vereinbarungen, an die Sie sich halten werden. Mit Ihnen zu leben ist eben ein Leben mit einer großen Unbekannten – Entschuldigung, aber das will ich, glaube ich, nicht. Herr Idur meine Zeit drängt, darf ich unter diesen Umständen eigentlich den Rosenstrauß noch mitnehmen?"

„Ja natürlich und denken Sie einfach in Ruhe über alles nach. Ich kann Sie nicht verstehen, Sie sind viel zu sehr Ihrem Verstand untergeordnet… Unter diesen Umständen werden Sie wahrlich keinen Mann finden!"

„Jetzt werden Sie aber unfair, ich fühle mich pudelwohl, so wie mein Leben ist, Veränderungen müssen doch auch lebbar sein und das sehe ich in einer Verbindung mit Ihnen für mich nicht, ganz einfach, Herr Idur! Schauen Sie, ein gemeinsames Leben ist nicht lebbar, wenn Partner keine Kompromisse schließen können. Sie müssten längst gemerkt haben, ich kann auch keine Kompromisse schließen, mit einem Mann der Casanova ist. Nun drängt die Zeit wirklich. Ich stehe auf, nehme den Rosenstrauß, zähle einzeln an den Rosen ab: „Er liebt mich, er liebt mich nicht, er liebt mich…" lächele verschmitzt und verabschiede mich mit einem „Ade". Rudi schaut mir sehr verdutzt und schweigend hinterher. Das registriere ich wohlwollend, weil ich mich noch einmal umschaue und zum Abschied winke…

Was Rudi will weiß ich nun, aber nur wichtig ist, was will ich? Rudi ist ein Mann, dem viele Frauen ins Netz gehen und er hat sich ja bekanntermaßen öffentlich geoutet: Immer auf der Suche nach hübschen Frauen, die er dann zum Zeitpunkt, wenn die Frau für ihn unpassend geworden ist, weil er auf Jagd nach einer neuen Frau ist, wieder zur Seite schiebt. Will ich mich in dieses bekannte Spiel nun einreihen? Mein Gefühl sagt nein dazu.

Dieser Mann hat wirklich den Charme, Frauen an sich zu binden und dann unbarmherzig abzustoßen. Mein Leben ist glücklicher ohne Rudi mit seinem puren Egoismus. Also meine Entscheidung ist heute Abend schon klar.

W o w … 40.000 Stern-Exemplare diese Woche mehr verkauft, herzlichen Glückwunsch an das Team der Redaktion – weiter so… Dieser Brief von der Geschäftsleitung macht intern die Runde und liegt heute Morgen in meinem Postfach zum Abzeichnen und Weiterleiten. Ich habe es gefühlt, dieses Cover mit dem interessanten Bericht eines Newcomers bringt einen höheren Exemplarverkauf.

Ich gehe damit gleich rüber zu meinem Kollegen, Herrn vom Windeverweht, um ihm diese Nachricht zu überbringen und vor allem, um zu hören, wie er die Nachricht kommentiert:

„Um ehrlich zu sein, Frau Adreg, ich habe es nicht für möglich gehalten, dass ein solcher Exemplaranstieg zu verzeichnen ist. Offenbar gibt es aber viele Leser, für die dieser Bericht eine sensationelle Nachricht darstellt. Das bedeutet für uns allerdings eine Herausforderung an die Zukunft, immer den richtigen „Riecher" für Exemplaranstieg zu haben. Sie lesen den Kommentar der Geschäftsleitung dazu. Also strengen Sie Ihr Köpfchen an, heißt das im Klartext. Wissen Sie eigentlich, dass wir jetzt hohem Druck ausgesetzt sind und mir ist dabei eher Unwohl. Aber so ist das, ein großer Erfolg zieht gleich die Option nach noch größerem Erfolg nach sich. Wenn man jedoch in einem Mittelmaß vor sich her dümpelt, ist der Druck nach mehr und mehr kaum da, verstehen Sie was ich meine?"

„So habe ich das noch gar nicht gesehen, wenn ich jedoch darüber nachdenke, können Sie Recht haben. Wir haben etwas geschafft, was gewissermaßen einen Durchbruch darstellt und große Freude auslöst, aber wir sind gleichzeitig auf einen Weg nach mehr und mehr Erfolg gestellt. Dadurch ist unsere Freude nur begrenzt, weil sie durch Druck überschattet ist."

„Sie sind ein kluges Köpfchen, das habe ich ja schon immer gesagt", antwortet Herr vom Windeverweht lächelnd. „Danke für das Kompliment, das genieße ich jetzt erst einmal" und verschwinde durch die Tür.

Gleichzeitig bin ich sehr froh, diesen Arbeitsplatz nicht verlassen zu haben, weil hier nicht nur die Türen klappen….

Altbewährtes kann eben auch einen ganz großen Reiz haben. Für heute Nachmittag hat unser Chefredakteur zu einem Umtrunk mit einem Glas Sekt vor der Redaktionssitzung geladen. Natürlich soll der

Erfolg ein bisschen gefeiert werden. Ich freue mich schon darauf, nochmals die Bestätigung in einem solch tollen Team arbeiten zu können, zu genießen und dadurch vielleicht die Sache mit Rudi endgültig und schnell vergessen zu machen. So kommt es dann auch. Unser Chefredakteur hat einen riesigen bunten, wirklich hübschen Blumenstrauß und lobend anerkennend, zu Herzen gehende Worte für mich parat. Ich bin total überwältigt, denn damit hatte ich nun wirklich nicht gerechnet, schließlich ist die Arbeit ja im Team entstanden. Aber man schätzt meine Arbeit hier sehr und das wiederum ist genau die Bestätigung, dass meine Entscheidung, dieses Schiff hier nicht zu verlassen, nur richtig war.

Zwei Wochen sind vorüber, die Rosen sind zwar nicht mehr frisch, aber sie welken auch nicht wirklich, sie verwandeln sich in eine anhaltend dekorative Dürre, bemerke ich erstaunt. Das ist ja ein merkwürdiger Rosenstrauß, denke ich und weiter, ich muss jetzt natürlich jeden Tag mit dem Anruf von Rudi rechnen. Aber ich weiß, es gibt keinen Anfang mit ihm, denn meine Schmetterlinge sind längst verflogen. Im Vordergrund steht für mich eher die Tatsache seiner unsteten, rastlosen Jagd nach schönen Frauen und die schreckt mich allemal ab....Ich muss es mir immer wieder vor Augen führen, um letztlich nicht noch schwach zu werden.

Heute am Dienstag komme ich erst gegen 9.30 Uhr ins Büro, weil der Heizungsmonteur meine Gastherme wartete. Unsere Dame an der Information überreicht mir gleich einen Zettel mit einer Handynummer, die ich zurückrufen soll.

„Wie ist der Name dieser Telefonnummer?" „Ich konnte leider nur den Namen Rudi verstehen und dachte sofort an den berühmten Boxer, dadurch habe ich den Nachnamen nicht mehr verstanden. Als ich nachfragte, war das Gespräch unterbrochen. Vielleicht können Sie sich ja einen Reim daraus machen?"

„Danke, Frau Upsala, ich denke, ich weiß schon Bescheid" und gehe den Gang runter in mein Büro.

Am besten, ich telefoniere gleich die mir zugesteckte Handynummer an, ehe Herr vom Windeverweht heute in sein Büro kommt. Es soll ein schnelles Telefonat werden, ich werde kurzen „Prozess" machen. Ich werde ihm sagen, dass ich bereits einen Lebenspartner habe und zu dem Entschluss gekommen bin, diesen Mann will ich nicht verlassen. Eigentlich ist es auch egal, was ich ihm sage, ich sage ihm einfach, ich will nicht seine Freundin werden. Das klingt doch für einen Mann wie Rudi provokativ und nur zu gerecht. Mein Gott, es müssen doch nicht alle Frauen, die er will und die er nicht will, auf ihn fliegen. Ich bin eben die Frau, die zu ihm nun Nein sagen wird. Zugegeben, schwer fällt es mir schon, aber es ist letztlich auch eine Genugtuung stellvertretend für die vielen Frauen, denen er schon das Herz gebrochen hat. An meinem Handy höre ich plötzlich: „Rudi, hello!"

„Hier ist Helga Adreg, ich soll Sie zurück rufen" und bin dabei sehr erregt. Schnell leiere ich herunter:

„Herr Idur, ich habe mich entschlossen, meinen Lebenspartner nicht zu verlassen, ich möchte nicht Ihre Freundin werden. Bitte akzeptieren Sie diese meine Entscheidung."

„Hello, this is Rudi Marciano, I can not understand you, what do you want?" Ich bin entsetzt und registriere schnell, es handelt sich offenbar um den großen Boxer aus Amerika, aber ich bin so blockiert, dass ich augenblicklich nicht weiter sprechen kann und antworte schnell:

„Sorry, the wrong number, by" und beende erst einmal das Gespräch. Da schaut Herr vom Windeverweht vom Flur aus eilig in mein Zimmer:

„Hallo, Frau Adreg, alles klar?" „Kommen Sie herein" und schnell bin ich klar „Ich habe hier eine Handynummer von dem großen Boxer Rudi Marciano aus Amerika. „Ich weiß nicht was er will, sicher eine interessante Sache!"

Herr vom Windeverweht antwortet begeistert: „Darf ich ihn anrufen und das Interview führen, Sie wissen doch, ich bin Hobby-Boxer und kenne ihn ja bereits persönlich." „Okay" und reiche die Nummer weiter. Herr vom Windeverweht ist sofort durch die Verbindungstür verschwunden und gleich darauf singt mein Telefon. Was für eine schöne Melodie registriere ich. Wer hat mir denn diesen wunderbaren Klingelton ausgewählt?

„Sternredaktion, hier spricht Helga Adreg, guten Tag", singe ich fast gutgelaunt. „Oh, welch angenehme Stimme, schade, dass Sie sich nicht für mein Unternehmen entschieden haben, aber vielleicht können Sie sich ja für mich persönlich entscheiden?" Ich war geladen und genauso antwortete ich auch:

„Nein, Herr Idur, ich habe mich gegen Sie entschieden, ich möchte meinen Lebenspartner nicht verlassen. Ich möchte ein eigenständiges Leben, wenn auch vordergründig mit viel weniger Kohle führen. Bitte haben Sie Verständnis dafür, ich weiß genau, was ich ablehne. Aber ich möchte mich in keine unklaren Verhältnisse begeben, was ich habe weiß ich genau." „Entschuldigung, aber ich dachte, Sie sind solo! Ich wusste nicht, dass Sie einen Partner haben" und legte betroffen, eher beleidigt den Hörer auf.

Ist doch egal das mit dem Lebenspartner, was braucht Rudi überhaupt meine genauen Verhältnisse zu wissen. Der ist ja richtiggehend lästig. Das habe ich nun endlich über die Bühne gebracht, denke ich so vor mich hin und halte beide Hände vor mein Gesicht, um das alles, was in der letzten Viertelstunde geschehen ist, noch einmal Revue passieren zu lassen und möglichst abzuschließen. Just in diesem Moment klopft Herr vom Windeverweht, als ich antworte, kommt er fröhlich gestimmt auf mich zu.

„Stellen Sie sich vor, Rudi Marciano hat seinen letzten Show-Kampf in Deutschland und will uns die Exklusivrechte dazu verkaufen, weil er mich vom letzten Deutschlandbesuch her noch kennt. Ich spreche gleich mit dem Chef, ob wir darauf einsteigen wollen. Rudi Marciano wartet persönlich auf meinen Rückruf in der nächsten Stunde. Ansonsten ist seine Agentur beauftragt, die Rechte anderweitig unterzubringen."

„Das ist ja wieder ein toller „Fisch" und gibt Tausende Exemplare mehr", lächele ich Herrn vom Windeverweht an. „Übrigens, ich habe gestern Abend Rudi Idurs ehemalige Frau mit dem Senior Saj in der Taverne gesehen. Ein hübsches Paar. Der Unternehmer Saj sieht ja wirklich noch gut aus. Donnerwetter! Ich hörte er soll schon kurz über 80 Jahre alt sein, der geht glatt für 70 durch. Frau Idur ist natürlich ein junges Mädchen dagegen, aber irgendwie passen die beiden zusammen. Da scheint eine richtig liebende Wellenlänge da zu sein, da geht es sicher nicht um eine nüchterne Geldverbindung, waren so meine Beobachtungen."

„Ich kenne Herrn Saj nicht, aber Frau Idur ist natürlich auch eine Augenweite. Ich schätze sie so um die 45 Jahre. Eigentlich nicht zu glauben, warum dieser Rudi eine so attraktive Frau verlässt?"

„Entschuldigung, Ich muss jetzt rüber zum Chef, die Zeit läuft mir davon... Außerdem habe ich heute noch zwei Projekte abzuschließen", antwortet Herr vom Windeverweht und ist sogleich aus meinem Zimmer verschwunden.

Meine Gedanken kreisen immer noch um das schnell beendete Telefonat mit Rudi. Er war richtiggehend sauer, so habe ich ihn gar nicht eingeschätzt. Eigentlich dachte ich, er ist so ein richtiger Gentleman. Aber nun weiß ich, das ist er eben nicht immer und das beantwortet mir auch die Frage, warum die attraktive Trixi Idur schließlich in eine Scheidung einwilligte.

Herr vom Windeverweht klopft und betritt erneut mein Zimmer. „Also, der Chef hat grünes Licht für den Show-Kampf „Rudi" gegeben. Ich soll nur die Gage noch etwas runter handeln. Möchten Sie zum Termin mit nach Frankfurt fahren? Sie könnten damit Ihr Talent wieder einmal unter Beweis stellen. Überlegen Sie es sich, ich werde jetzt erst mal schnell das Telefonat führen und Sie könnten dann die Mail-Bestätigung schicken. Hier schon mal die E-Mail-Adresse fürs Adressbuch.

„Wenn ich mitfahre, Herr vom Windeverweht, dann möchte ich aber auch ein Interview eigenständig führen?"

„Ja, selbstverständlich, ich dachte mir, wir machen das in gewohnter Teamarbeit. Sie vorweg und ich am Ende des Kampfes und in den Pausen oder umgekehrt. Darüber können wir uns im Einzelnen noch genau abstimmen und die Strategie festlegen" und schon sitzt er wieder an seinem Schreibtisch und greift zum Telefonhörer. Ich lehne die Tür nur leise an, weil ich das Telefonat gerne mithören will.

Endlich einmal ein Interview mit Rudi Marciano führen das wär's doch. Vor Jahren habe ich es sehr bedauert, dass ich diese Möglichkeit nicht hatte. Ich war gerade als Junior-Journalistin eingestellt, durfte zwar mitfahren, aber das Vergnügen, das Interview zu führen hatte seinerzeit nur mein Kollege, der heute nicht mehr bei uns ist. Der war regelrecht fanatisch, diesen Rudi zu interviewen. Wir hatten vereinbart, dass ich auch ein paar Fragen stellen sollte, aber das hatte er glatt in seiner Euphorie vergessen. Es war damals auch sehr schwierig, wir hatten keine Exklusivrechte. Rudi wurde von einer Menge von Presse-Journalisten belagert und man musste sich schon frech durch die Reihen kämpfen, erinnere ich mich.

Plötzlich höre ich die Zahl 50.000 an mein Ohr dringen. Oh, welch ein Geschenk, denke ich, stehe auf und gehe an die Tür, da hat Herr vom Windeverweht aber auch schon den Hörer aufgelegt und kommt auf mich zu.

„Stellen Sie sich vor, 50.000 Euro für ein Exklusiv-Interview, das ist geradezu geschenkt. Er wollte zuvor 90.000 Euro haben. Das wird den Chef freuen. Er hat mir gesagt: "Okay 50.000 Euro because you are my friend. I will send you the contract quickly" "Meinen Glückwunsch, das ist wirklich ein super Deal und der Chef wird schon vorweg einen Champus spendieren. Übrigens, das wollte ich Sie noch fragen, was haben Sie eigentlich mit dem Rudi Idur angestellt. Er telefonierte heute Morgen mit mir und war ein bisschen sauer auf Sie?" Ich spürte wie mir leicht die Röte ins Gesicht kam und antwortete eher gleichgültig, weil ich darüber ja nun wirklich nicht sprechen wollte: „Keine Ahnung, Herr vom Windeverweht, aber dieser Rudi ist wohl schon ein bisschen launisch, vergessen Sie ihn, wir haben damit doch unser „Schäfchen ins Trockene" gebracht, alles andere kann doch nicht mehr der Rede wert sein", versuchte ich abzukürzen. „Ja, Sie haben Recht, was interessiert das noch, auf unserem Plan steht jetzt ein anderer Rudi und darauf werden wir uns jetzt konzentrieren und unsere ganze Kraft verwenden"

Just in diesem Moment betritt unser Chefredakteur, Herr Benesch, das Büro: „Hallo, was gibt's Neues von unserem Rudi Marciano zu berichten. Herr vom Windeverweht, haben Sie schon telefoniert, ich bin geradezu gespannt, wie ihr „Freund" reagiert hat?"

„Stellen Sie sich vor, wir konnten uns bei 50.000 Euro für die Exklusivrechte einigen und der Vertrag dazu folgt in den nächsten Tagen."

„Großartig" und an mich gewandt: „Frau Adreg besorgen Sie bitte eine Flasche Sekt, wir werden uns vor unserer Redaktionssitzung heute Mittag zunächst ein Gläschen munden lassen", sagt es und verlässt mein Büro.

Heute am Samstag findet das Partner-Golfturnier, zu dem ich mich mit einem Freund auf einem sehr schönen nahegelegenen neuen Golfplatz verabredet habe. Jürgen ist ein richtiger Kumpel, immer zu einem Späßchen aufgelegt und hat Handicap 11, also ein sehr guter Golfspieler.

Ich spiele mit Handicap 24, aber im Partnerspiel sind wir ein fast unschlagbares Team und haben schon so manches Turnier dort draußen am Golfplatz vor den Toren unserer Stadt gewonnen. Ich bin heute schon rechtzeitig draußen, um noch einige Übungsabschläge zu starten. Da kommt mir die attraktive Frau Idur entgegen und grüßt freundlich. Im Schlepptau folgt ihr ein sicher um Jahre älterer, aber agiler sportlicher Herr. Die beiden haben sichtlichen Spaß miteinander und lachen viel. Ich vermute, wie er mir beschrieben wurde, handelt es sich hier um den Unternehmer Saj. Aber die 80 Jahre sieht man ihm wahrlich nicht an.

Da kommt auch schon Jürgen auf den Platz und direkt auf mich zu. „Hallo Helga-Schatz", begrüßt er mich freundlich. „Hoffentlich bist du gut drauf, wir wollen heute selbstverständlich das Turnier gewinnen."

„Das dachte ich mir auch und mache schon ein paar Übungsabschläge. Es klappt heute gut, und wenn ich diese Form durchhalten kann, gehen wir sicher gemeinsam durch die Zielgerade."

Da dreht sich Jürgen um und winkt mit seinem Schläger diesem agilen Herrn zu, der inzwischen ein Stück von uns entfernt abschlägt. „Packen wir's heute!", ruft Jürgen ihm über die Entfernung zu.

„Wir schon", hallt es zurück und der Herr lacht fröhlich auf und gestikuliert Jürgen zu. „Wer ist dieser Herr", frage ich Jürgen und er antwortet mir: „Das ist Adolf Saj, der stadtbekannte Unternehmer, dessen Sohn, der gerade die Unternehmensleitung übernommen hatte, so plötzlich an einem Herzstillstand verstorben ist. Es gibt weiter keinen Nachfolger. Adolf Saj hat deshalb beschlossen, die Unternehmensnachfolge in die Hände seines ehemaligen Mitarbeiters zu geben, der auch im Unternehmen gelernt hat, aber inzwischen ein eigenes Unternehmen leitet".

„Und die jugendliche Frau an seiner Seite?" fragte ich wohlwissend. „Ja, das ist eine ganz kuriose Verzweigung." Die junge Frau ist Trixi Idur, die geschiedene Frau von Rudi Idur, die aber weiter als Finanzchefin im Unternehmen Idur arbeitet und schon vor dem Tod des Saj-Sohnes mit Adolf Saj leiert war. Man munkelt, nur weil Trixi Idur die Finanzen bei Rudi führt, habe er das Vertrauen, sein Unternehmen von Rudi auch mit leiten zu lassen. Rudi seinerseits lebt ja seit vielen Jahren mit einer anderen Frau zusammen. Nun sollen die beiden Unternehmen Saj und Idur zusammengeführt werden und Trixi als Partnerin von Rudi agieren. Die Geschäftsanteile sollen also auf Trixi Idur übertragen werden, weil der Unternehmer Saj in finanzieller Hinsicht Rudi Idur nicht das große Vertrauen schenkt. Zu Zeiten als er noch Arbeitnehmer bei ihm war, gab es wohl regelmäßig Lohnpfändungen. Erst als er mit Trixi verheiratet war, hatten diese Pfändungen ein Ende. Trixi soll die Schulden beglichen und fortan die Finanzen geführt haben. Dabei hatte sich Rudi unter eigenem Namen eines Tages selbständig gemacht und als die Unternehmung geglückt war, wollte plötzlich Rudi auch finanziell sich nicht mehr von Trixi leiten lassen und ging eigene Wege. Er traf eine Frau, die ihn plötzlich als den „großen Unternehmer" anhimmelte und ihm auch sonst zu Willen war. Mit ihr „verprasste" er sehr viel Geld, umso mehr schaute die Geliebte zu ihm auf, ohne dass Trixi Idur davon wusste. Dieses Rad konnte er eines Tages nicht mehr zurückdrehen. Er musste die Flucht nach vorne antreten, was ihn die Ehe mit Trixi kostete, nachdem er viele Jahre ein Doppelleben geführt hatte. Dann eines Tages hatte sich die quirlige Trixi Idur in diesen Adolf Saj am Golfplatz verliebt und wahrscheinlich den Plan „Rudi nach dem Tod seines Sohnes mit ins Boot zu holen, ausgetüftelt, denn die offizielle Scheidung zwischen den beiden soll ja noch gar nicht lange durch sein. Man konnte sich finanziell nicht einigen, ohne dass, entweder das Unternehmen Schaden nimmt, oder dass Geschäftsanteile aufgeteilt werden, hörte man munkeln. Die erste Variante konnte keiner von beiden wollen und die zweite Variante wollte Rudi nicht. So kommt Trixi mit einer dritten Variante, weil Rudi gierig nach Unternehmensmacht ist. Adolf Saj aber dringend einen Nachfolger sucht und Trixi der Liebe wegen voll mit im Boot ist." „Das hört sich ja richtig spannend an, was du mir erzählst. Ich dachte, nur Frauen wissen über alles Bescheid und erzählen sich gerne solche Storys. Ist das Wahrheit und wie kommst du an solche Details? Du hast ja ein richtiges Talent als Journalist."

„Jetzt bereue ich schon, dass ich dir das erzählt habe, wenn wir uns eines Tages zoffen, veröffentlichst du das?" „Du weißt doch, wir sind gute Freunde schon über Jahrzehnte, wobei du genau weißt, wem du das erzählt hast und wir werden gewiss auch keinen Zickenkrieg bekommen. Es sei denn, ich bekomme eines Tages von Adolf Saj ein Interview. Aber dann werde ich alles erst richtig hinterfragen. Zugegeben, deine Informationen werden mir bei der Fragestellung schon behilflich sein.

Als Journalistin forciere ich mein Wissen natürlich, und ich mache mir schon Gedanken, wie ich den Adolf Saj zu einem Interview bewegen kann. Das würde gut in unser Frühjahrsprogramm passen. Glaubst du, die haben die Dinge bis dahin soweit geregelt, dass Adolf Saj ein Interview zur Veröffentlichung gerade recht käme?"

„Ich verspreche dir, ich werde dich informieren, wenn es soweit ist, und ich kann dem auch ein bisschen nachhelfen, das tue ich gerne für dich." „Du bist eben ein echter Freund, und ich will auch gar nicht wissen, woher du diese Informationen hast – ist das ein guter Deal?"

„Super, wenn Frauen nicht so neugierig sind. Aber jetzt müssen wir wirklich dort rüber, das Turnier beginnt gleich und behalte das Ziel vor Augen, wir müssen besser spielen als Adolf Saj und seine Trixi, damit ich eine Herausforderung für diesen gescheiten Adolf Saj bin und ihm deine Wünsche schon mal schmackhaft mache" „Okay, ich habe verstanden, ich werde mein Bestes tun und nun good shot."

Es ist ein imposanter Sonntagnachmittag hier auf dem Golfplatz beim Turnier. Meine Bälle fliegen meist weit und zielsicher, sodass ich mit wenigen Schlägen, weit über den Wassergraben, unmittelbar an das Loch nahe der Fahne und so eine super Punktzahl erreiche. Ich bin wirklich gut drauf heute. Aber auch Jürgen erspielt sich zahlreiche Punkte und ist zufrieden mit sich und der Welt. Jürgen beobachtet natürlich gelegentlich auch seinen Gegner Adolf Saj und ruft ihm fröhliche und stichelnde Worte zu, wenn er wieder einmal laut vor sich hin schimpft. Trixi hat dann immer noch die passenden lustigen Worte parat und das Gelächter hallt ungestüm. Ich werde etwas müde, die Sonne brennt auf meine Kappe, und ich bin leicht gestresst, sodass ich dieses Mal mehr Schläge benötige. Ich fauche vor mich hin: „So ein Mist." „Du hast Recht, Helga, Schwächeln können wir uns jetzt nicht erlauben, denke an unsere Zielvorgaben, wir wollen uns nicht mit weniger zufrieden geben."

Meine Glückssträhne ist in der Tat unterbrochen, aber Jürgen spielt wenigstens noch wie ein Wunderkind. Ob es am Ende reicht, ist jetzt die bange Frage? Beim nächsten Feld ergeht es mir mit der Schlaganzahl wieder besser, und ich hole Punkte auf, sodass ich erstaunt bin, was Motivation bewirken kann. Adolf Saj und seine Trixi spielen im letzten Abschlagsfeld und nur ein Feld vor uns. Wir sind mit unseren Abschlägen fertig und steuern auf das Feld zu, in dem Trixi ihren letzten Abschlag gerade tätigt. Jürgen ruft den beiden zu: „Schaut es gut aus?"

„Das dürfen Sie glauben, wir haben eine tolle Punktezahl vorgelegt. Wir haben uns beide im Handicap verbessert und hoffentlich reicht das für den ersten Platz", antwortet Adolf Saj schmunzelnd. Sodann verschwinden die beiden in Richtung Clubhaus. Jürgen und ich schauen uns an und haben wohl den gleichen Gedanken: Handicapverbesserung, ob es nun wohl für uns noch reicht oder ob wir heute den ersten Platz verloren haben? Jürgen ist sehr gespannt und ich bin es gleichermaßen. Das letzte Abschlagsfeld beschließen wir mit gewohnt guten Schlägen, und wir meinen, es bleibt trotzdem sehr spannend, welchen Sieger das Turnier letztlich hervor zaubert.

Die Turnierteilnehmer sind nun alle im Clubhaus anwesend, haben sich gemütlich platziert und harren gebannt auf die Bekanntgabe der erspielten Plätze. Der Turnierleiter ergreift in diesem Augenblick das Mikrophon, spricht einige einleitenden Worte und beginnt heute – weil das Mixed nach seinen Ausführungen ungesetzte Sieger hervorgebracht hat - mit der Bekanntgabe des Siegerduos, nämlich ein Mitglied spielte heute mit einem Gast und die beiden, Gerrit und Anne, haben den ersten Preis, eine Reise in die bekannte Golfturnierstadt Bad Griesbach gewonnen. Jürgen und ich schauen uns verdutzt an, auch die Gesichter von Adolf Saj und Trixi sind erstarrt, bemerke, als ich zu ihnen rüber schaue. Dann gibt der Turnierleiter die Sieger des letzten Platzes und absteigend bekannt. Es bleibt also äußerst spannend. Nun wird der dritte Platz angekündigt und nur noch Adolf Saj und Trixi, Jürgen und ich kommen für diese beiden Plätze in Frage. Die Spannung steigt für uns ins unermessliche, wer nun vor wem liegt, weil wir uns zwischendurch beim Spielen auf dem Platz doch punktuell ja mächtig angeheizt hatten. Atemberaubende Stille und der Turnierleiter macht es dazu spannender als jemals zuvor: „Ja und nun", sagt er:

„Merkwürdig, ich habe hier für beide Plätze einen Adolf, ach so, ein Herr heißt Adolf-Jürgen und der andere Wilhelm-Adolf, aber wer ist nun der Winner des 3. Platzes? Fangen wir bei den Frauen an, es sind HELGA und Adolf-Jürgen und Sie haben ein Candle-Light-Dinner im Wert von 100 Euro in Bad Homburg vor der Höhe gewonnen." Der achtzigjährige Adolf Saj springt plötzlich wie ein junger Gott von seinem Platz auf, schlägt die Faust gen Himmel und jubelt laut vor sich hin: „Geschafft!"

Ich bin enttäuscht, aber ich wusste, es ist mein Versagen, ich hatte ja bei zwei Feldern viel zu viele Schläge benötigt. Jürgen nahm mich in den Arm und sprach mir ein paar tröstende Worte zu und meinte schließlich: „Wir machen uns einen schönen Tag in Bad Homburg, gehen dort zunächst Golfen und anschließend Essen. Ob wir nun den zweiten oder dritten Platz belegt haben, ist e egal."

„Du hast wirklich Recht, nach vorne schauen den schönen Dingen entgegen, heißt die Devise", und lächele ihn herzlich an. Jürgen ist ein wirklich toller Freund, huscht es mir durch den Kopf. Nun wird der zweite Platz angesagt. Adolf Saj und seine Trixi haben eine Ballonfahrt gewonnen. Während Adolf Saj zu Jürgen rüber schaut, jauchzt jetzt Trixi voller Wonne: „Über den Wolken dieser Stadt schweben, juchhu…

Ich sage zu Jürgen: „Gut, dass wir den 3. Platz belegt haben, die Ballonfahrt hätte mich nicht wirklich erfreuen können, also es hat alles seine Richtigkeit." Wir gehen dann rüber an den Tisch zu Adolf und Trixi, gratulieren den beiden und tauschen einige Minuten humorvolle Wortspiele miteinander aus. Dann als wir uns umwenden wollen, um an unseren Tisch zurück zu gehen, kommt Adolf Saj auf uns zu mit den Worten:

„Zu eurem Trost, ihr seid herzlich zu unserem Polterabend eingeladen, in vier Wochen, an einem Freitagabend, aber ihr erhaltet noch genauen Bescheid. Wir würden uns freuen, wenn ihr dazu kommt." Ich antworte schnell: „Danke, Herr Saj, ich komme gerne."

„Ich auch", antwortet Jürgen und schaut mich freundlich an. „Wie, seid ihr gar kein Paar?" „Nein, nicht wirklich, wir sind nur beste Freunde", antworte ich spontan und schaue zu Jürgen rüber.

„Aber wir kommen trotzdem gerne, denn zusammen haben wir immer viel Spaß", antwortet Jürgen spontan, so als ob wir ein eingespieltes Team sind. Adolf Saj lächelt und antwortet: „Was nicht ist, kann ja noch werden", sagt es und setzt sich wieder neben Trixi, lächelt sie an und gibt ihr einen zärtlichen Kuss auf ihren geschlossenen Mund, den sie ihrerseits mit einer herzlichen Umarmung erwidert und die beiden versinken in minutenlangem Miteinander, das ein Drehbuchautor nicht aufregender zeigen könnte. Trixi bemüht sich schnell wieder um Fassung, aber Adolf Saj ist immer noch überaus gefangen in der intimen Liebesszene.

Als wir wieder auf unseren Plätzen sitzen, meine ich zu Jürgen: „Ein interessanter Mann dieser Adolf Saj, der mit seinen 80 Jahren diese Trixi Idur zu begeistern versteht. Ich kann es gar nicht fassen. Er ist für mich das Sinnbild für lebensprall."

„Ja, es ist schon außergewöhnlich mit diesem Adolf Saj. Ich kenne ihn ja schon etwas länger hier vom Club. Er fasziniert mich als Mann sogar, weil er so viel Lebenslust und immer wieder neue Visionen hat. Sieh mal, wie er das tieftraurige Problem um den Tod seines Sohnes und Nachfolgers zu lösen versteht. Er kauft sich einen ehemaligen Mitarbeiter ein und heiratet zudem noch dessen geschiedene Ehefrau. Eine solche Trauerbewältigung bleibt doch ohne Worte"...

Der Termin zum Abschieds-Boxkampf mit Rudi Marciano rückt näher. Am kommenden Samstag ist es schon so weit. Ich fahre gemeinsam mit unserem Herrn vom Windeverweht nach Frankfurt. Wir besprechen unterwegs noch viele Einzelheiten und biegen gerade in die Straße zur Show-Arena ein und fahren hier ins Parkhaus. Da es noch einige Stunden bis zum Beginn des Boxkampfes hin ist, sind hier noch viele Parkplätze frei.

„Das Parkplatzproblem wäre schon mal gelöst", alles Weitere sind dann keine Probleme mehr", spricht Herr vom Windeverweht mir zugewandt. Wir gehen Richtung Eingang der Arena „Schauen Sie dort drüben, schnell, da läuft Rudi die große Box-Legende." „Ach, er ist aber doch viel älter geworden seit den Jahren, als ich ihn kennen lernte. Ich hätte ihn nicht mehr erkannt."

Dann ist Rudi auch schon in der Arena verschwunden. Wir betreten nun die Eingangshalle und werden an der Information über unseren Interviewpartner aufgeklärt und wohin wir gehen müssen. In den Räumen angekommen, kümmern wir uns zunächst um unsere Mikrofone und die entsprechende Technik. Da geht die Tür auf und Rudi Marciano lug herein, sieht Herrn vom Windeverweht, lächelt in an: „Hello my friend, how are you" und geht in seiner ganzen Größe auf ihn zu, umarmt ihn. Herr vom Windeverweht nimmt sogleich sein Mikrofon in die Hand, stellt eine Frage und lässt sie Rudi beantworten.

„Aus dem Stegreif, das werden die besten Interviews", sagt er an mich gewandt. Rudi antwortet voller Elan und Power mit seinem intuitiven Englisch ins Mikrofon. Es macht ihm sichtlich Spaß dieses ungeplante Interview. Dann wendet er sich an mich: „Hello Missis, you are the wife of Richard?"

„No, I am Helga, a collegue of Richard. I want to have an interview after your fight this evening." "Thats fine, I will have a nice talk with you after my boxing match. I think I will be the winner, do you thing so too?" Yes, Rudi, I think so exactly and we will do a good propaganda work for you." "That's nice and now it is time to go to my boxing team – by, by" und Rudi Marciano, die bescheidene aber große Legende verlässt den Raum, um sich für seinen bevorstehenden Kampf in seinem Team – Box- und Mentaltrainer – noch fit zu machen.

„Diesen letzten Kampf will er unbedingt gewinnen, das merkt man Rudi an und er muss dazu natürlich ein bisschen an Erfolgsdenken vorlegen, sonst ist er ein eher bescheidener Mensch. Für den Boxkampf gibt er selbstverständlich alles, er wird in seinem Team motiviert und motiviert sich dann natürlich selbst auch, sonst kann niemand Erfolg haben. Man muss von seinem Erfolg schon persönlich überzeugt sein, ohne dem läuft wenig, verstehen Sie Frau Adreg?"

„Das ist bei Boxern ganz besonders auffällig." „Sie haben Recht, mit dieser Motivation boxen die den Gegner dann zu Boden!" „Jetzt haben wir noch zwei Stunden Zeit. Ich glaube, wir gehen mal an der Bar noch etwas trinken?" „Eine gute Idee." So schließen wir unsere Mikrofone ein und suchen die Bar auf.

„Hallo, wen erblicke ich denn da? Sie, Herr Idur" wir steuern auf ihn zu, um ihn zu begrüßen. Er stellt mir seine Partnerin Hedwig vor und ich erkannte sie wieder, denn sie war mir ja nach dem Interview im Frühjahr am Eingang begegnet. Sie reicht mir die Hand, da sie offenbar älter als ich ist. Mein Kollege begrüßt Rudi ebenfalls, denn die beiden kennen sich ja vom Frühjahr-Interviews. Ich spreche weiter zu Rudi: „Sie sind aber auch viel unterwegs, Herr Idur, wie können Sie das zeitmäßig mit der Leitung von zwei Unternehmen vereinbaren?" „Soll das jetzt ein Interview sein?"

„Nein, nein, Herr Idur, Sie müssen mir darauf nicht antworten, Zeit zum Ausspannen ist natürlich sehr wichtig. Sie machen das schon richtig." Dabei blickte er mich skeptisch und ernst an, als wolle er fragen, wie meinen Sie das – tat es aber nicht, sondern lächelte nur und bestellte beim Barkeeper eine Runde Prosecco. „Für mich noch eine Flasche Wasser auf meine Kosten", ordere ich. „Und für mich ein Glas dazu", bestellt Herr vom Windeverweht und an mich gewandt: „Ich darf doch bei Ihnen mittrinken, denn allzu lange Zeit haben wir hier nicht mehr. Wir müssen dann rüber in die Kabinen!" „Was wollen Sie dort, ach wahrscheinlich ein Interview, ist mir schon klar", sagt Rudi. „Prosit auf einen interessanten Show-Kampf", und hebt das gefüllte Glas Prosecco uns zugewandt. Ich antworte mit den Worten: „Ihnen hier einen schönen Abend mit Ihrer Lebensgefährtin, möge Ihnen der Abend viel Freude bereiten!"

Er antwortete und das ist offensichtlich eine Zumutung für seine Lebensgefährtin: „Wenn Sie dabei wären, könnte meine Freude vollkommener sein." Mir stieg die Röte ins Gesicht und ich schaute entgeistert zu seiner Lebensgefährtin rüber mit den Worten: „So sind sie nun mal die Männer, immer auf Jagd…" und lächele sie an. Hedwig antwortete selbstsicher und keck: „Überhaupt kein Problem DIE-Männer!"

Herr vom Windeverweht wendet sich zum Gehen um und ich folge ihm lautlos mit einem „Tschau."

In der Arena ist Stimmung bis zum Zerbersten, augenblicklich ist die Hölle los und die Show must go on. Der Kampfrichter zählt jetzt nach der 6. Runde: 1, 2, 3, usw. aber der Gegner bleibt am Boden; plötzlich das Aus. Nun reißt Rudi die Arme hoch, er hat den letzten Kampf, bevor er, der große Rudi Marciano abtritt, gewonnen und ist voller Glück und Stolz. Ich halte ihm das Mikrofon hin und voller Begeisterung gibt er mir ein längeres Interview ohne Punkt und Komma. Aber dann kommen auch ein paar Tränen – Glück oder Wehmut? Ich frage bei ihm nach. Er antwortet bescheiden: „both." und Rudi Marciano verschwindet nun schnell in seiner Kabine. Herr vom Windeverweht kommt zu mir mit den Worten: „Fahren wir dann auch los, es ist schon spät."

„Nun denn, packen wir es." Wir haben unser Ziel, ein interessantes Interview verfassen zu können, wieder einmal erreicht und steigen deshalb zufrieden in den Sportwagen von Herrn vom Windeverweht. „Dieser Rudi Idur ist ja … Mann-O-Mann ein besonderer Typ, der ist ja noch schlimmer als ich." „Wie meinen Sie das?"

„Nun, die Anspielung auf Ihre Gesellschaft und daneben seine Lebensgefährtin. Haben Sie eigentlich ein Techtelmechtel miteinander?

Aber Sie müssen mir auch nicht antworten, das ist ja auch egal. Ich erzähle ja auch nichts über meine Liebeleien." „So gefallen Sie mir, Herr vom Windeverweht. Eine Dame genießt und schweigt und manchmal auch ein Herr. Also sind wir uns wieder mal einig?"

„Apropos Einigkeit, liebe Frau Adreg, ich schätze übrigens die Zusammenarbeit mit Ihnen sehr, weil es trotz den manchmal harten Diskussionen und Sie haben immer wieder neue Ideen, doch auch einen Ergebniskonsens gibt, mit dem wir alle gut und zufrieden leben können." „Danke für das Kompliment, aber es ist manchmal schon ein bisschen Kampf mit euch Männern."

„Doch wenn Ihre Vorstellungen besser sind, akzeptieren wir sie doch auch?" „Ja, das ist für mich dann gelebte Gleichberechtigung und macht mich auch so glücklich bei dem stressigen Arbeitspensum mit Ihnen und allen in der Redaktion."

„Oh, wir haben unsere Heimatstadt schon erreicht? Wo ist die Strecke nur geblieben, da müssen Sie aber schnell gefahren sein? Mir kam es gar nicht so schnell vor?"

„Soll ich Sie gleich nach Hause bringen oder trinken wir noch was oder essen ein Eis?" „Ein Eis beim Italiener, das ist schon eine gute Idee für meinen süßen Gaumen. Wissen Sie eigentlich, dass ich derzeit die Essig-Diät mache?"

„Was ist das für eine neue Diät, kann ich die auch machen, habe nämlich im Moment 5 kg zu viel Gewicht?"

„Die haben Sie schnell drauf, Herr vom Windeverweht, das geht eigentlich nur so: Eß ich oder eß ich nicht?" Herr vom Windeverweht dreht sich seitlich nach mir, schaut mich an und lacht herzhaft mit den Worten: „Was für eine Logik?!" Ich grinse zurück und wir fahren auf den Parkplatz der Eisdiele.

„Übrigens, Sie waren eine super Beifahrerin. Sie haben gar nicht gegen meine hohe Geschwindigkeit gemeckert. Ich hatte punktuell 200 h/km drauf, deshalb lade ich Sie jetzt zu einem Eisbecher ein." „Danke, aber die Geschwindigkeit habe ich erst gegen Ende der Fahrt wirklich gemerkt, wie schnell Sie gefahren sein müssen. Dieser Sportwagen ist toll, könnte mir auch gefallen, aber ich will ihn mir natürlich nicht leisten, dann bleibt mir kein Geld mehr für die anderen Dinge des Lebens."

„Gehaltserhöhung beantragen." „Glauben Sie, das bringt es? Besser wären wahrscheinlich Doppelverdiener." „Oder mit Rudi anbändeln", antwortet Herr vom Windeverweht und schaut mich wieder schmunzelnd an. „Ach ja, das wär's doch, aber das ist für mich auch keine befriedigende Lösung. Ich bin ja eigentlich ganz zufrieden, so wie es ist." Soeben werden uns zwei wirklich tolle Eisbecher namens „Überraschung" serviert. Sie sind wirklich eine Überraschung und eine Augenweite dazu. Wir genießen mit allen Sinnen und lassen einen anstrengenden, aber glücklichen Arbeitstag ausklingen.

Die Tageszeitung berichtet über das aufregende Golfturnier und stellt die Sieger mit einem gelungenen Foto vor. Gleichzeitig erhalte ich mit der Tagespost eine Einladung zum Polterabend von Adolf Saj und Trixi Idur. Jürgen ruft mich soeben an und meint: „Hast du auch eine Einladung zum Polterabend erhalten?" „Na klar, heute war sie in der Post!"

„Nun sind wir ja dazu verdonnert, gemeinsam dort hinzugehen", antwortet Jürgen vorsichtig. „Ach was, jeder kommt wann und wie er will, ganz locker, lieber Jürgen, und wenn du einen anderen Termin hast, rufst du an oder schreibst eine Entschuldigung, so einfach ist das." „Ich wollte eigentlich mit meiner Freundin kommen?"

„Auch okay, ich habe keine Skrupel alleine zu kommen, kann mich ja zu euch an den Tisch setzen!" „Eine gute Idee, so werden wir es handhaben und beendete das Telefonat.

Heute ist ein verflixter Morgen hier im Büro. Wirbel um die Fertigstellung des Interviews mit Rudi Marciano. Ein Tauziehen um einige Passagen. „Eigentlich sind Herr vom Windeverweht und ich dafür zuständig", suche ich den Knoten zu entwirren. „Dann machen Sie mal, Sie beide, aber am Mittwoch muss es druckreif sein", beendet der

Chefredakteur Benesch schließlich die Sitzung. Wir machen uns gleich an die Arbeit, jeder in seinem Büro. Gerade bin ich dabei, flott in den PC zu schreiben, klingelt doch das Telefon: „Hier Rudi Idur, hallo Frau Adreg" und spricht ohne Satzzeichen weiter: „Sie haben sicher eine Einladung zum Polterabend erhalten! Ich möchte mich mit Ihnen dort treffen!"

„Herr Idur, lassen Sie uns das einfach ganz locker angehen. Sie kommen, ich komme und mein Freund Jürgen kommt und wir werden zusammen feiern. Entschuldigung, ich muss Sie leider abhängen, ich habe brennende Terminarbeiten fertig zu stellen" und beende das Telefonat kurzerhand.

Mann-O-Mann, der ist aber auch hartnäckig, wenn Männer schon was wollen. Was ist eigentlich mit seiner Lebensgefährtin, Zoff, was? denke ich so vor mich hin und halte die Hände vor Erregung vor mein Gesicht.

Es ist Freitag und heute Abend findet der Polterabend von Adolf Saj und Trixi Idur statt. Ich habe eine sportliche, doch leicht elegante Kleidung gewählt, die meine Figur lässig umschmeichelt. Ich fühle mich sehr gut damit. Ich fahre am Anwesen des Unternehmers vor. Hier sehe ich ein großes weißes Zelt auf der angrenzenden Wiese in bunter Beleuchtung stehen. Nachdem ich einen Parkplatz gefunden habe, steuere ich auf das Zelt zu. Adolf Saj kommt mir entgegen und wir begrüßen uns freundlich. Er freut sich sichtlich, als er mich sieht.

„Ich weiß gar nicht wo sich meine Frau momentan aufhält, wahrscheinlich ist sie kurz ins Haus gegangen. Aber suchen Sie sich einfach einen Platz. Ihr Freund Jürgen sitzt dort drüben. Es sind ja noch etliche Plätze frei. Ich wünsche uns einen fröhlichen Polterabend." Ich steuere auf Jürgen und seine Freundin zu und ganz am Ende des Zeltes, wen sehe ich da sitzen? Mein „Freund" Rudi… ich spüre wie bei dieser Feststellung Erregung in mir hochsteigt. Nun begrüße ich Jürgen und seine Freundin. Sie stellt sich mir mit dem Namen „Eva Sanum" vor. Ich mich ihr mit „Helga Adreg". Jürgen hat gleich eine lustige Pointe parat und wir lachen alle herzhaft, dass sich einige Menschen im Zelt nach uns neugierig umschauen. Wir werden freundlich nach unseren Getränkewünschen gefragt und dann zügig bedient. Es ist alles wirklich perfekt organisiert. Eine lange Buffet-Tischreihe ist wirkungsvoll aufgebaut. Die Plätze füllen sich mehr und mehr mit den vielen geladenen Gästen. Dann ergreift der gestandene Adolf Saj das Mikrofon und stellt die elegant gekleidete Frau an seiner Seite als Trixi Idur-Saj vor. Beschwingt und gekonnt dreht sich Trixi im Tanzrhythmus zu der leichten Hintergrundmusik.

Ein Raunen geht dabei durch das weiße Zelt. Jeder kann sehen, diese Frau hat heute Abend ihr vollkommenes Glück gefunden. Sie ist durch das Tal der Tränen am Ziel vieler Träume angelangt.

Die standesamtliche Trauung sei ja gestern schon vollzogen und heute nun die Polterhochzeit und er eröffnet zum Schluss das kaltwarme Buffet. Es erklingt nun weiterhin leichte Klaviermusik Die Anwesenden klatschen am Ende der Rede für Adolf Saj einen tosenden Beifall. Es sind viele Golfclubmitglieder erschienen, Mitarbeiter aus seinem Betrieb, Freunde und Verwandte.

Plötzlich steht Rudi Idur vor unserem Tisch, begrüßt mich und die Gäste am Tisch, die ich ihm vorstelle. Er ist sportlich-dezent gekleidet und ist von einer Aura Charme umgeben, was für mich punktgenau wieder mal Schmetterlinge empor steigen lässt. So denke ich bei mir, warum verzaubert dich dieser Mensch jedes Mal mit seiner Nähe? Es gibt wirklich keinen Grund diesem Mann zu erliegen. Er ist doch nur eine Mischung von wirklich allem Möglichen. Und das Meiste davon ist ja überhaupt nicht, was ich will. Warum kriege ich das nicht ein für alle Mal klar? Langsam kann ich es nicht mehr glauben, wie naiv ich doch noch bin und das mit fast 40 Jahren.

„Hallo, Frau Adreg, Sie sagen kein Wort, ist es Ihnen peinlich, dass ich neben Ihnen sitze, in welcher Welt sind Sie gerade? „Entschuldigung" und dabei bin ich gerade heraus.

„Ich habe nur über ein Problem nachgedacht, das möchte ich aber hier nicht offenbaren? Kommen wir zu einem anderen Thema: „Warum ist Ihre Lebensgefährtin heute Abend eigentlich nicht mitgekommen? Oder ist die Frage zu neugierig? Ich finde sie sehr nett. Sie hätte gewiss diesen Tisch bereichert mit ihrer fröhlich souveränen Art", dabei schaue ich Rudi freundlich ins Gesicht. Er hat sich gerade eine Zigarillo angezündet, überlegt und pustet dann den Rauch in einem Strahl hoch in die Luft. Ich spüre er will Zeit gewinnen und dann antwortet er mir, genau überlegt, das spüre ich:

„Wissen Sie, Frau Adreg, manchmal muss man eben reinen Tisch machen, wenn sich die Entwicklung gegenläufig darstellt. Ich kläre jetzt meine Lebenssituation, und ich hoffe, das gelingt mir. Ich spüre das Älterwerden an einem Bedürfnis nach Klarheit, und ich komme mir mit jedem Schritt näher. Ich habe die Kategorie ‚erfolgreich' durch ‚richtig' ersetzt. Die privaten Veränderungen, die berufliche Konzentration, alles zusammen bringt mich mit mir stärker in Einklang. Ich habe eine Zuversicht wie noch nie in meinem Leben. Ich werde jetzt konkret, ich sehe dabei, dass Sie, liebe Frau Adreg, wunderbar in meine Lebensentwicklung mit hinein passen. Ich weiß, Sie sehen das nicht so, aber vielleicht sollten Sie wirklich noch mal darüber nachdenken. Versprechen Sie mir das, nur nachdenken. Sie sagen vielleicht, das hätten Sie bereits getan. Ich sage Ihnen, das haben Sie nicht wirklich getan. Sie haben nur Fakten und Tatsachen miteinander abgewogen! Aber ist das alles im Leben? Sympathie, Zuneigung, Liebe – warum lassen Sie diese edlen Gaben einfach unter den „Tisch" fallen. Ich bin nicht einer der Männer, die dem eigenen Alter eine junge Frau entgegensetzen müssen. Ich liebe die gestandene Frau, die sich im Leben selbständig behauptet, die aber noch flexibel genug ist, Visionen mit mir zu leben. Ich spüre, dass Sie mich im Grunde ja mögen, aber Sie wollen nicht meine Vergangenheit, so wie ich mich im Interview geoutet habe; und dass sich alles für Sie in Zukunft wiederholen könnte, ist Ihre tatsächliche Ablehnung – stimmt doch oder?"

„Sie haben schon soweit Recht, besonders damit, dass ich eine gestandene Frau bin und dazu gehört natürlich auch eine Portion Nüchternheit, das ist dann die Kehrseite dieser Medaille, wenn Sie so wollen. Jüngere Frauen sind da einfacher zu händeln, sie geben den Schmetterlingen größeren Raum. Aber wie sollte ich das können, wenn ich erkenne, die Lebensvisionen können sich nicht miteinander verzahnen. Ihnen ist es doch egal, Sie fragen immer noch – was kostet die Welt? Sie haben dabei kein Maß für Machbares. Darf ich fragen, was gehört Ihnen eigentlich wirklich, von dem was Sie mir vorzeigen? Mondänes Haus? Luxusklasse-Pkw? Unternehmung – Geschäftsanteile? Entschuldigung Herr Idur, jetzt bin ich schon ein bisschen unverschämt geworden, aber ich will Ihnen nur klar machen, unsere Lebensauffassungen passen einfach nicht zueinander, auch wenn liebende Schmetterlinge mit involviert sind. Hey, wir sind keine 20 mehr, können Sie die Realität nicht sehen. Eine Liaison zwischen uns beiden muss zum Scheitern verurteilt sein, warum dann erst beginnen?" „So habe ich das noch gar nicht gesehen, lassen Sie uns ein Tänzchen wagen, und wir reden weiter", unterbrach Rudi meine erregte Psyche.

Das Ehepaar Saj hat mit einem wunderschönen Wiener Walzer die Tanzfläche eröffnet und die übrigen tanzlustigen Paare schließen sich nun den rhythmischen Klängen auf dem Podium an. Ich merke gleich, Rudi ist ein gewandter Tänzer und trotz seinem bekannten Handicap an der rechten Hand führt er mich grandios über die Tanzfläche, sodass es mir große Freude macht. Ich lasse ihn meine Begeisterung wissen, und er wächst beim nächst folgenden Tscha, tscha, tscha förmlich über sich hinaus. Dabei treten wir auch ein bisschen in Konkurrenz zu Adolf Saj und seiner Trixi. Es ist geradezu professionell wie gekonnt sich Adolf Saj in der tanzenden Menge bewegt und ich schaue interessiert zu den beiden rüber. „Die können es aber auch gut", spreche ich neidlos zu Rudi. „Ja, Adolf Saj hat sein halbes Leben lang bei Turnieren mitgetanzt und auch Preise gewonnen."

„Da ist mir alles klar, so etwas hat man dann auch im Alter noch drauf. Aber nun eine Frage an Sie, warum haben Sie sich eigentlich von dieser äußerst attraktiven Trixi Saj scheiden lassen? Sie ist doch eigentlich eine Bilderbuchfrau mit allen nur denkbaren Vorzügen! Haben Sie das nie bereut?"

„Diese Frage kann ich ganz einfach beantworten, es ist einfach so gekommen, keiner von uns beiden hat das wirklich gewollt. Obwohl, wenn ich so darüber nachdenke, unsere Vorstellungen, das Leben zu leben, haben einfach nicht miteinander harmoniert. Mir war ihre Sparsamkeit immer ein Dorn im Auge und alles gleich bezahlen müssen sowieso."

„Sehen Sie, Herr Idur, Sie begehen den gleichen Fehler wieder, wenn wir beide eine Liaison beginnen" und hoffte ihn damit zur Einsicht zu führen. „Den gleichen Fehler, das sehe ich aber überhaupt nicht so." „Da müssen Sie aber blind im Kopf sein."

„Liebe ist ebenso, sonst wäre es keine Liebe."

„Aber als gestandene Persönlichkeit haben Sie als Hilfe doch Ihre Erfahrung und daraus sollten Sie lernen." „Welch ein Quatsch, meine Liebe will nun mal Sie, liebe Helga."

„Das will ich aber nicht, weil ich Sie inzwischen kenne und das passt einfach nicht zu meiner Mentalität." Bei diesem langsamen Walzer kommen wir uns so nahe, dass mir Rudi plötzlich einen Kuss auf die Wange gibt, so irre passend, dass es mir gleich die Worte verschlägt. Ich schaue ihn dabei nicht an, sondern hilfesuchend in die Menge und da sind Sie wieder die fliegenden Schmetterlinge in meiner Bauchgegend. Ich ringe förmlich um Fassung und mir fällt sogleich die Geschichte von Rudi Marciano ein, als ich dachte Rudi Idur am Telefon zu haben. Damit habe ich zu einem höchst interessanten Thema abgelenkt und Rudi hört mir gebannt zu. Dabei merken wir gar nicht, dass wir uns nur noch fast alleine auf der Tanzfläche zu der Non-Stop-Musik bewegen. Ich mache den Vorschlag, ihm alles genau zu erzählen, wenn wir uns jetzt auf die Plätze begeben. Rudi war sofort damit einverstanden, ich hatte es verstanden, ihn zunächst einmal erfolgreich von seinem Techtelmechtel abzulenken. Ich erzähle ihm mit Begeisterung die wirre Geschichte, die er mir gar nicht so recht glauben will. Minutenlang sind wir deshalb in einem nüchtern sachlichen Gespräch verwickelt, das Rudi sehr beeindruckt. „Was eine Namensgleichheit für Geschichten hervor bringt" stellt er laut lachend fest und hat dabei ironischen Spaß. Jürgen und seine Freundin, die bei uns am Tisch gegenüber sitzen, hören interessiert die unglaubliche Pointe mit, und die ist für alle ringsum inzwischen zum Tischgespräch geworden, da ich so begeistert und laut erzähle. Just in diesem Moment trifft Trixi Saj an unseren Tisch. Sie bewegt sich nämlich abwechselnd zu allen Tischen. „Darf ich auch mitlachen? Um welchen Choke geht es? Rudi erzählt ihr die witzige Begebenheit in einer übertriebenen Variante und bindet mich mit ein, wenn er nicht mehr genau weiter weiß. Dann plötzlich verschwinden Rudi und Trixi auf der Tanzfläche. Ich atme auf und ein Herr an unserem Tisch, der mich die ganze Zeit schon merkwürdig beobachtet hat, fordert mich plötzlich zu einem Tänzchen auf. Frohgelaunt folge ich ihm. Ich habe jetzt irgendwie Feuer gefangen, denn er ist genau mein Typ. Nah, das kann ja heiter werden, denke ich so bei mir und der Herr, der sich mir mit dem Namen Uwe vorstellt, verwickelt mich in ein Frage- und Antwortspiel nach allen Regeln der Kunst. Ich bin nun ein wenig verstört über die unverschämten Fragen dieses Uwe-Herrn. Dabei fallen mir meine neugierigen Fragen an Rudi ein, und ich denke, irgendwie kriegt man doch alles wieder zurück, ob es positiv oder negativ ist. Ich fühle mich sogleich schuldig bei diesem Fragen- und Antwort-Spiel. Dann ruft jemand auf der Tanzfläche:

„Hallo Uwe, nicht so intim, das ist meine Liebe." Ich drehe mich um und erblicke Rudi und Trixi. Ich lächele wie ertappt und sehe Rudi dabei abweisend an.

„Ist schon gut, ich weiß ja Frau Adreg." Dabei habe ich das Gefühl, er erzählt augenblicklich Trixi von meiner Moralpredigt an ihn. In diesem Moment tanzt Adolf Saj mit einer Dame zu uns allen herüber und sagt zu Rudi: „Hoffentlich bereust du jetzt deine Vergangenheit nicht?" Rudi schaut ihn verlegen lächelnd an und meint zu Trixi: „Er nun schon wieder."

Ich überlege, der wirkliche Gewinner bei diesem „Spiel der Unternehmer" ist doch Trixi, ohne dass Rudi das überhaupt bewusst ist. Er fühlt sich als Firmenchef von zwei Unternehmen, aber die Fäden im Hintergrund zieht tatsächlich diese ‚clevere' Trixi. Sie hält die Hand mit der notwendigen Stütze von Adolf Saj nach ihren Vorstellungen über alles. Auf der einen Seite lässt sie Rudi in einem finanziellen Rahmen agieren, aber dafür hat er intern nicht wirklich das Sagen bezüglich des Geldmanagements der Firmen. Er ist sozusagen ein Vogel mit gestutzten Flügeln. Und das ist sicher auch die richtige Position für ihn, um nicht mit Transaktionen die Firmen überdimensional zu belasten und möglicherweise eines Tages in den Ruin zu stürzen, zumal seine Spielleidenschaft noch immer andauert, wusste Jürgen zu berichten.

Mein Tanzpartner Uwe, der ja im Vergleich zu mir, wirklich nicht mehr der Jüngste ist, meint nun, dass er mich wieder zum Tisch bringen wolle. Ich folge ihm lautlos. Jürgen setzt sich sogleich zu mir an den Tisch auf Rudis Platz und flüstert mir die unerwartete Frage ins Ohr: „Hast du das „Spiel der Unternehmer" entdeckt und wer hier die führende Rolle übernommen hat?"

„Ja, wenn dem so ist, was ich durchaus beobachten konnte, woher nimmst du diese Details? Ich bin mir nämlich nicht ganz sicher, ob ich das wirklich glauben soll?" gab ich Jürgen zu bedenken.

„Nun, meine liebe Helga, strenge dein hübsches Köpfchen zum Nachdenken mal an, was bin ich wohl von Beruf?" „Ach ja, jetzt fällt der Groschen, du bist ja Rechtsanwalt, und ich stelle auch keine weiteren Fragen dazu."

„Also, wenn du wirklich eine gute Partie willst, belehrt mich Jürgen fast brüderlich, „dann ist sie bestimmt nicht…" und schaut auf, da steht Rudi neben ihm. „Ihr Platz, Herr Idur, ich räume ihn, wenn Helga das will." Da nahm Rudi aber bereits neben seiner hübschen Freundin Platz. Er ist auch gleich mit ihr im Gespräch und seine stahlblauen Augen blitzen: Der „Jäger" hat sein Wild entdeckt…

Jürgen ist ein bisschen eifersüchtig und will gleich die Plätze tauschen. Ich halte ihn zurück und verwickele ihn in ein aufregendes Gespräch, sodass er ganz Ohr ist und seine eifersüchtigen Anwandlungen sofort vergessen hat. Rudi fordert nun seine Freundin zum Tanzen auf, da mischt Jürgen sich aber ein und bestimmt, dass er jetzt mit seiner Liebsten tanzen möchte und ist auch schon mit ihr auf dem Weg zur Tanzfläche. Da neben mir der Platz jetzt frei ist, setzt sich der ältere Herr Uwe neben mich und hat auch gleich ein Gespräch begonnen. Rudi schaut mit hängenden Mundwinkeln zu mir herüber, steht auf und verschwindet an der Bar, wo Adolf Saj, seine Trixi und mehrere ihm bekannte Personen in großes Gelächter ausgebrochen sind. Er mischt sich sogleich unter die lustige Gesellschaft und ist die restlichen Stunden nicht mehr an unserem Tisch zu sehen. Mit dem seriösen Uwe unterhalte ich mit stattdessen interessant über Gott und die Welt. Er ist in vielen Dingen bewandert und ist mit dem Kauf, Verkauf und Fusionen von Firmen beschäftigt, berichtet er mir in seiner bescheidenen Art. Nun tanzen wir und stehen anschließend zu einem Glas Sekt noch an der Bar. Da blickt Rudi sichtlich nervös zu mir rüber.

„Kennen Sie den Herrn dort drüben, der gerade zu uns rüber schaut?", fragt mich Uwe neugierig. Ich antworte sogleich mit einer Gegenfrage. „Kennen Sie ihn denn?"

„Ja, natürlich, wer kennt hierzulande den Casanova Rudi nicht. Er lebt ein feudales Leben, er lebt seine Leidenschaften, aber alles was er vorzeigt, gehört ihm nicht wirklich, will heißen…" „Alles beliehen" unterbreche ich Uwe. „Ja, ein bisschen bewundere ich ihn fast, wie er das immer wieder hinkriegt, dass alles vordergründig so rund läuft. Es ist geradezu phänomenal, wie er sich als den ganz „Großen" präsentiert, den er in Wirklichkeit aber gar nicht ist. Er ist zweifellos ein Visionär aber ohne Geschick die Finanzen so zu ordnen, dass er als solider Unternehmer gelten kann."

„Wohl ein bisschen Neureich", unterbreche ich Uwe. „Wenn er das wäre, ich gönnte es ihm, er präsentiert sich aber nur so und allein darum möchte ich ihn ein bisschen beneiden. Ich glaube, er hat mehr vom Leben. Mein Naturell ist eher, das Gegenteil zu leben und da bleibt man eben immer nur Einer unter Vielen. Rudi lebt in allen Dingen das Besondere und das funktioniert – grandios."

Meine Zeit nach Hause aufzubrechen, ist gekommen. Ich habe den ganzen Abend so viel erfahren und auch erzählt, dass ich das für mich erst einmal ordnen muss, weil ich leicht genervt bin. Ich verabschiede mich von Adolf Saj und seiner Frau Trixi, die am Nebentisch gerade wieder einmal fröhlich lachen. Uwe will mich nun mit dem Taxi nach Hause bringen, aber ich erkläre ihm, dass ich außer einem Alster und dem Glas Sekt nichts Alkoholisches getrunken habe und natürlich meinen Wagen mitnehmen muss. „Heute habe ich gleich noch einen Termin und ohne Auto ist der kaum einzuhalten", setze ich mich gerade heraus Uwe gegenüber durch. Ich verabschiede mich nun auch von allen Anwesenden an meinem Tisch.

Zuletzt von Uwe, der mir überraschenderweise einen zärtlichen Kuss auf die Stirn haucht.

Diese Geste beeindruckt mich sehr, das hätte ich ihm wohl eher nicht zugetraut. Er wirkte den ganzen Abend meist unnahbar, wobei ich mich durchaus in seiner Nähe wohl fühlte.

Unnahbar, das ist ein Attribut, dass ich für mich manchmal auch gerne als zweite Natur in Anspruch nehme und für das ich durchaus Verständnis habe. Ich drehe mich um und eile mit schnellen Schritten aus dem Zelt. Dabei bemerke ich, dass Uwe mir lange nachschaut. Deshalb drehe ich mich noch einmal um und winke ihm königlich.

Jürgen ruft mich soeben an und hat die Idee, unseren Gutschein vom Golfturnier in Bad Griesbach endlich einzulösen. Seine hübsche Claudia werde übers Wochenende mit ein paar Freundinnen on Tour sein. Jürgen kennt Claudia erst seit sechs Wochen und liebt sie abgöttisch, aber Claudia tingelt manchmal auch alleine ihre Wege. Das ist Jürgen schon ein „Dorn im Auge."

Jürgen hat sich vergewissert, am Sonntag findet in Bad Griesbach das Turnier statt, bei dem wir mitspielen könnten. „Und das Wetter, weißt du was darüber?"

„Das Wetter, das wird uns mit einem Hoch begleiten, meldet die Dreitages-Wettervorhersage." „Nah, dann kann es ja los gehen, ich bin dabei. Wollen wir mit meinem Wagen fahren, der könnte mal eine Langstrecke vertragen", frage ich Jürgen. „Ja, okay, dann bin ich gegen 10.00 Uhr bei dir." Sagt es und beendet das Gespräch, wobei ich im Hintergrund Claudia mächtig zoffen höre.

Strahlend blauer Himmel heute und die Autobahn so herrlich vom stockenden Verkehr frei. Es macht Spaß mit meinem neuen Pkw hier entlang zu düsen. Jürgen ist auffällig entspannt und ich frage ihn ein wenig neugierig, warum Claudia bei unserem Telefonat im Hintergrund so wütend war? „Sie wollte wissen, wo ich am Sonntag hinfahre? Das wollte ich ihr aber nicht erzählen, weil sie punktuell auch ihre Geheimnisse hat und da wurde sie richtiggehend wütend. Ich habe ihr dabei die Wut gelassen, indem ich ihre Frage einfach nicht beantwortete. „Schau, dort drüben, das dürfte der Golfplatz sein." „Was für ein riesiges Gelände, wir fahren auch gleich hier ab!" „Ich habe jetzt mächtig Appetit, ich habe nicht gefrühstückt. Darf ich dich zum Essen einladen? Ich glaube vor den Toren des Geländes gibt es richtig gute Lokale.

„Da stimme ich zu, damit ist die Fahrtkostenbeteiligung dann aber abgegolten", lächelte ich zu Jürgen rüber.

„Das ist wirklich fair, du hast interessante Kombinationen, um dir nur nichts schenken zu lassen", antwortete er und lachte verschmitzt zurück. „Schau mal da, ein schönes kleines Lokal, versuche einen Parkplatz hier zu finden, das reizt mich." Da ist auch schon eine kleine Parklücke, blinke und habe auch gleich eingeparkt. „Appetit habe ich jetzt aber auch" und schaue so rüber zum Eingang.

„He, da ist doch Rudi auf der Treppe, vor ihm geht eine Dame, die bereits in der Tür ist, aber ich konnte sie nicht mehr richtig sehen." Ich glaube, Jürgens Claudia mit Rudi gesehen zu haben, aber ich bin mir nicht ganz sicher. Wenn das so ist, denke ich weiter, gibt es hier vielleicht gleich einen heftigen Skandal, bin ich mir sicher und halte krampfhaft dabei mein Herz fest.

„Was hast du Helga?" fragt Jürgen geängstigt. „Das ist gerade ein Mann ins Lokal gegangen, den ich kenne und der mich vor Jahren fast vergewaltigt hat", erkläre ich Jürgen aufgeregt. „Nein, lass uns irgendwo anders hingehen." „Meinst du, dass das wirklich dieser Mann ist? Natürlich, ich kann dich verstehen, auch wenn dieser Mann nur so ausschaut, ist er sicher ein Horror für dich. Wie du willst." Wir gehen also zurück zum Wagen und Jürgen schaut die Straße runter. „Sieh mal, dort hinten ist ein einladendes Lokal, wir können sogar zu Fuß dorthin gehen. In fünf Minuten sind wir dort."

„O, ja, das sieht schnuckelig aus, gehen wir doch los", antworte ich erlöst. Dabei geht mir durch den Kopf, ob Claudia und Rudi später auch am Golfplatz sein werden? Als wir so gemütlich beim Mittagessen sitzen und mit Appetit speisen, stelle ich an Jürgen die Frage: „Spielt deine Claudia eigentlich auch Golf?"

„Ja, aber sie hat im Frühjahr erst die Platzreife gemacht, aber dafür spielt sie mit Handicap 36 eigentlich schon ganz gut. Wie ich das beobachtete, ist sie auch sehr begabt in dieser Sportart."

Ich denke weiter, die Aussichten also, dass wir Rudi mit Anhang hier in Bad Griesbach auf dem Golfplatz auch treffen werden, sind also sehr hoch. Wie wird Jürgen reagieren? Er hat mit seiner Eifersucht e zu kämpfen. Aber kann ich verhindern, dass wir mit den beiden nicht zusammen treffen? Jürgen hat gerade unser Essen bezahlt und wir gehen zurück zum Auto, um unsere Golfschlägertaschen zu holen und melden uns an der Information zum Turnier an. Es ist ziemlich heiß und die Sonne steht hoch am azurblauen Himmel. Ich setze mir eine Kappe auf und Jürgen meint dazu: „Du schaust wundervoll attraktiv aus, auch wenn du ein paar Pfunde mehr drauf hast?"

„Danke für das Kompliment, es tut gut, ich genieße es." Wir schlagen uns ein wenig ein und ich habe es geahnt, dort drüben Rudi und Claudia. Ich fürchte gleich eine Katastrophe, die ich nun nicht mehr verhindern kann. In der Tat, es gibt kein Entrinnen mehr, Jürgen ist schon auf dem Wege dorthin. Die beiden haben uns noch gar nicht gesehen. Da poltert Jürgen auch schon los: „Ist das dein Ausflug mit Freundinnen. Ich glaube es nicht, was ich hier sehe, du mit dem stadtbekannten Casanova. Das war's dann wohl. Deine Sachen stelle ich heute Abend noch vor die Tür. Ich wünsche dir nicht, dass du eines Tages eine Retourkutsche bekommst. Good shot!" Jürgen dreht sich um und kommt zu mir zurück. Er ist plötzlich ganz ruhig und meint zu mir: „Ich darf mich ja nicht aufregen, mein Herz…" und hält sich die linke Seite um die Herzgegend fest. „Mein lieber Jürgen" und blicke ihn dabei ganz lieb an „warum hast du dir alle Türen zugeschlagen?"

Er ist ja ein guter Kerl, denke ich, aber wenn er sich aufregt, dann ist er so ein Zweimeter-Mann. Mit seiner stattlichen Größe von über 1,90 m kommt er mir dann immer wie Riese Goliath vor und verbreitet einfach nur Schrecken um sich herum. „Dieses Weibsbild, so etwas lasse ich mir aber wirklich nicht gefallen, da mache ich gleich „Nägel mit Köpfen", auch wenn ich wieder solo bin. Die weiß doch wirklich nicht was sie will, auch wenn sie bildhübsch ist, kann ich nichts mit solchen Verhaltensweisen anfangen. Da ist keine Linie zu erkennen und was soll ich mit ihren Schwüren ‚ich liebe dich' denn eigentlich anfangen?"

„Irgendwie hast du natürlich Recht, aber trotzdem lassen wir uns heute nicht den schönen Golfturniertag verderben. Wir müssen jetzt rüber an den Start gehen!"

Jürgen und ich spielen heute trotz diesem Ärger um Claudia die Spiele unseres Lebens und haben dazu viel Spaß miteinander. Irgendwie ist Jürgen zwar schon seit ganz langer Zeit nur mein guter Freund, aber spätestens seit heute hege ich irgendwie neue Gefühle für ihn. So als ob ein Schalter umgelegt sei, empfinde ich nicht nur freundschaftliche Liebe. Das macht den Tag so himmlisch für mich. Aufkommende Schmetterlinge im Bauch, das macht leicht und beschwingt. Dabei gelingt es mir, Jürgen total aufzuheitern. Rudi und Claudia haben sich offensichtlich vom Platz abgesetzt. Sie sind jedenfalls nirgends mehr zu sehen. Das ist auch gut so und macht vieles für uns leichter. Jürgen läuft richtig gehend mental zu einer Hochform auf. Er ist dabei witzig und spritzig wie ich ihn niemals zuvor kennen lernte und unser Gewinnspiel wird dabei zu einem doppelten Gewinn, von dem wir beide unbeschreiblich profitieren. Es scheint so, Jürgen hat die Episode mit Claudia total vergessen. Das ist eine Stärke von Männern, sie drehen sich um und das war's dann aber auch wirklich.

Beim nächsten Spielfeld ruft mir plötzlich jemand hallo zu und ich erkenne drüben Trixi und Adolf Saj. Dann höre ich wie Adolf Saj uns zuruft: „Wann gibt es einen Polterabend?" Jürgen und ich schauen uns mehr sprachlos an und da wagt es Jürgen mitten im Golfgeschehen mir einen leidenschaftlichen Kuss auf die Wange zu platzieren. Ich halte irritiert inne, da springt es über das Feuer der niemals da gewesenen Gefühle und versetzt uns sogleich in einen Liebestaumel. Meine Golfschläge werden dabei leicht und treffender als niemals zuvor. Alles ist wie umgewandelt hier am Platz und überhaupt. Jürgen gesteht mir seine nahezu unbändigen Liebesgefühle für mich und dass er diese schon eine längere Zeit hege. Aber ich hätte mich immer so freundschaftlich abweisend verhalten und das habe ihn zu einer Verbindung mit Claudia getrieben. Aber im tiefsten Herzen sei er nicht wirklich mit dieser Verbindung glücklich gewesen. Deshalb seien die Scherben mit Claudia kein echtes Unglück. Nur die Art und Weise, wie sie ihn jetzt vorgeführt habe, sei halt sehr verletzend für ihn gewesen und habe ihn zu der heftigen Szene vor einer Stunde veranlasst.

„Ein bisschen verletzter Männerstolz", gibt er ehrlich zu, steht aufrecht vor mir und lächelt zu mir herab. Herab deswegen, weil er immerhin einen Kopf größer ist als ich. Plötzlich werden wir aus unserem Miteinander heftig aufgeschreckt.

Ein Krankenwagen mit Blaulicht und Sirene kommt uns entgegen und rast hin zu dem Platz wo Adolf Saj und seine Trixi spielen. Wir sehen, dass Adolf Saj am Boden liegt. Die Männer springen aus dem Wagen kümmern sich um ihn, indem sie ihn sofort reanimieren. Wir kommen jetzt nahe zu dem Spielfeld ran und Trixi bittet uns aufgeregt, erst einmal weiter zum nächsten Feld zu gehen. Wir wenden uns deshalb sofort um und gehen weiter, um hier nicht zu stören. Es scheint offenbar um Leben und Tod zu gehen. Wir sind ein wenig in unserem Miteinander unterbrochen und sehen immer mal wieder rüber zu dem Krankenwagen, was sich dort tut. Nach etwa 10 Minuten hören wir: „Gott sei Dank…" und die Sanitäter schieben Adolf Saj in den Krankenwagen, schließen die Türen, steigen ein und brausen mit Blaulicht davon. Am Parkplatz hält der Wagen kurz an, Trixi springt heraus. Sie folgt mit ihrem goldfarbenen Porsche dem Sanitätswagen, der sogleich mit Blaulicht und Sirene den Weg frei macht. Wir unterhalten uns kurz, was Adolf Saj wohl passiert sein möge.

„Nun, es ist heute sehr heiß, vielleicht ein Hitzschlag oder ein Herzinfarkt", meint Jürgen. „Das wissen wir natürlich nicht, alles nur Spekulation." Damit ist das dann das Thema für uns auch erst einmal beendet und wir spielen zügig die restlichen Spielfelder zu Ende und haben noch viel Spaß miteinander. Wir erspielen uns heute einen dritten Platz und erhalten dafür ein Candle-light-Dinner im Wert von 150 Euro.

Der Tag nimmt für uns einen glücklichen Ausgang und die Nachhausefahrt ist zwar für mich ein bisschen anstrengend, aber Jürgen unterhält mich dabei köstlich und es gibt viel zu lachen. Jürgen ist ein Schelm, denke ich und schaue so kurz zu ihm rüber. Das bemerkt er und streichelt mir liebevoll über die Wange. „Ich könnte dich jetzt so richtig einmal knuddeln, aber bei deiner Fahrgeschwindigkeit ist das wohl zu gefährlich, das können wir zuhause nachholen." „Und was ist, wenn Claudia kommt?"

„Die kann ihre Sachen packen und verschwindet dann, was stört es uns, die weiß doch genau warum, sie wollte es ja so. Für mich ist das Thema vorüber, so einfach ist." „Ja, so einfach ist das für einen Mann und hier sitzt ja schon… die Nächste bitte" und schaue Jürgen etwas fragend und abwartend an. Er lächelt verschmitzt und vielsagend.

Da ist auch schon die Autobahnabfahrt erreicht. Wir kommen überein, dass ich Jürgen nach Hause bringe und er will dann mit seinem Wagen noch auf ein Schäferstündchen zu mir rein schauen. „Schäferstündchen", wiederhole ich, „das hört sich ja richtig zur Sache kommend und ein bisschen altmodisch an", entgegne ich ihm und stehe auch schon mit meinem Wage vor seiner Haustür.

„Wie es wohl Adolf Saj ergeht und was eigentlich mit ihm passiert ist?" „Ja, das interessiert mich auch brennend", gebe ich ihm zur Antwort. „Ja vielleicht rufe ich am Montag mal bei Trixi an", meint Jürgen und entsteigt meinem Pkw mit den Worten: „Bis gleich bei dir, meine Liebe."

Ich setze den Wagen zurück und fahre in Richtung meiner Wohnung. Da kommt mir ein kackfarbener Porsche entgegen und steht an der Ampel neben mir. Ich erkenne Trixi darin sitzend, aber sie ist so in Gedanken versunken, dass sie weder nach rechts noch links schaut, sondern stur vor sich hin und fast das Anfahren an der Ampel vergessen hat. Der nachfolgende Pkw wird ungeduldig und hupt kurz, bevor sie endlich anfährt. Dann verliere ich sie aus den Augen, weil sie plötzlich ungemein los rast, jedenfalls viel mehr als die erlaubten 50 Stundenkilometer in der Stadt und ich links abbiege.

Da endlich klingelt mein Telefon, und ich ahne schon… Es meldet sich Jürgen zerknirscht und erzählt mir, dass Claudia in der Wohnung war, ihre Sachen zusammen gepackt und sie beide noch stressige Szenen miteinander hatten. Jetzt sei er doch ein bisschen fertig und er wolle heute Abend nun nicht mehr kommen. Es sei ohnehin schon spät und er müsse morgen früh auch zu einem wichtigen Termin topfit sein.

Wir haben noch ein längeres Gespräch miteinander, bei dem ich ihn vollkommen aufbaue und er wieder fröhlich wird. Schließlich gesteht er mir noch seine überaus große Liebe und wir hauchen uns selig Küsse durchs Telefon.

Im Büro heute Morgen am Dienstag, kommt mir Herr vom Windeverweht mit der Tageszeitung entgegen und legt mir die Rückseite auf den Schreibtisch. Ich lese in großen Lettern Adolf Saj in einer Todesanzeige. Ich bin dabei fassungslos und lese weiter, dass plötzlich und unerwartet sein Herz aufgehört hat zu schlagen. Trixi Saj und noch ein paar Namen stehen darunter wie Renate Saj, die wohl seine Schwiegertochter sein muss, meinte Herr vom Windeverweht dazu.

„O Gott, diese Familie und besonders auch Trixi Saj bleibt aber auch von nichts verschont", antworte ich nachdenklich auf die Todesanzeige blickend. „Erst so kurz mit diesem vermögenden Mann verheiratet. Aber er war immerhin über 80 Jahre alt, muss man bedenken. Das vergisst man dabei" spreche ich weiter.

Nun klingelt mein Telefon und Jürgen hat auch gerade die Zeitung gelesen. Er ist ebenfalls entsetzt und meint, dass wir zur Beerdigung mitgehen müssten. Wir verabreden uns für den Samstag, den Beerdigungstag eine Stunde vor Beginn bei mir. Wollen uns aber heute Abend noch genauer darüber unterhalten, weil Jürgen gleich zum Termin starten muss. Ich besorge in meiner Mittagspause eine Kondolenzkarte. Statt Kränze und Blumen wird eine Spende für die Herzklinik in Süddeutschland erbeten. Spendenbescheinigungen werden auf Wunsch übersandt, steht in der Anzeige unten kleingedruckt. Einige Tage hintereinander stehen diverse Nachrufe für diesen großen Unternehmer in der Tageszeitung. Es wird zum Stadtgespräch, dass das Unternehmen nun durch Trixi Idur-Saj und Rudi Idur weitergeführt wird. Die lokale Zeitung veröffentlicht einen Bericht dazu, wohl um die Belegschaft und Geschäftspartner nicht im Unklaren über das weitere Fortbestehen des Unternehmens und die zukünftige Geschäftsführung zu unterrichten.

Zur Beerdigung am Südfriedhof der Stadt hat sich eine riesige Menschenmenge versammelt. Wir drängen uns durch die Reihen, um uns ebenfalls ins Kondolenzbuch in der großen Kapelle einzutragen. Ich erblicke die in schwarz gekleidete Trixi und neben ihr Rudi im dunklen Anzug. Außerdem sitzt der Sohn der beiden daneben. Die übrigen um sie herum sitzenden Menschen kenne ich nicht, aber ich erinnere mich, dass ich den einen oder anderen schon am Polterabend gesehen habe. Es ist eine unvorstellbar nicht abreißende Reihe von Menschen die sich zu den beiden Kondolenzbüchern hin bewegt, so als ob die ganze Stadt hier anwesend ist. Der Pastor hat wirklich bewegende Worte für den Unternehmer Adolf Saj parat und dass er erst vor 1 Jahr, fast zur gleichen Zeit, den Sohn hier beerdigt habe. Am offenen Grab wird die schluchzende Trixi von Rudi auffallend liebevoll gestützt. Claudia ist offenbar nicht anwesend, auch Hedwig, die Lebensgefährtin von Rudi kann ich nirgends in der umstehenden Menge erkennen. Viele Persönlichkeiten aus der Stadt kommen hier am Grab von Adolf Saj zu Wort und beehren ihn mit einem Nachruf. Es gibt wirklich kaum Blumenkränze. Besonders fällt ein übergroßes Herz auf, das mit unzähligen dunkelroten und mit weißen Rosen umrandet ist. Eine wirkliche Augenweite. Das Prozedere dieser Beerdigung dauert mindestens zwei Stunden oder länger.

Jürgen und ich gehen danach gemeinsam zum Abendessen zum Italiener. Wir sind ein wenig ermüdet von der langen Beerdigungsprozedur und besonders ist unser Gesprächsthema Trixi und Rudi als Spekulation „liebevoll vor dem offenen Grab" geworden. Wir haben später aber keine Muse mehr nach dem anstrengenden Tage, ihn in der Disco nebenan noch ausklingen zu lassen.

Gegen 23.00 Uhr bin ich zu Hause und lese jetzt gerade noch einmal den Bericht über den „Fortbestand des Unternehmens Adolf Saj" durch. Es wird besonders darauf eingegangen, dass Trixi Idur-Saj und Rudi Idur beide Unternehmen als gleichberechtigte Partner weiterführen, wobei Trixi die Mehrheitsanteile des Unternehmens Adolf Saj und Rudi Idur die Mehrheitsanteile vom Unternehmen Idur hält. Was für eine undurchsichtige Unternehmenskonstellation haben sich Trixi und Adolf Saj da ausgedacht. Rudi ist gleichberechtigt involviert, aber er hat doch nicht die Mehrheit. Das Saj-Unternehmen ist schließlich eine AG und agiert an der Börse. Viel Verantwortung wartet da auf die beiden Geschiedenen in Zukunft… Dabei muss ich an das liebevolle Miteinander der beiden, Rudi und Trixi, vor dem offenen Grab denken! Könnte es sein, dass sich hier wieder etwas anbahnt?

Im Büro ist zwischen mir und Herrn vom Windeverweht natürlich „Trixi und Rudi als Firmeneigner zwei großer Unternehmen" das Gesprächsthema des Tages. „Die beiden müssen jetzt gut und eng zusammenarbeiten, um diese Herausforderungen meistern zu können", entgegnet mir Herr vom Windeverweht.

„Das ist mir klar, hier geht es in erster Linie um eine gute Strategie, um Zukunftsperspektiven den Mitarbeitern, Kunden und Lieferanten glaubhaft zu vermitteln. Soeben ertönt mein Telefon in sehr melodischem Ton, den mir Herr vom Windeverweht eingestellt hat. „Sternredaktion, Helga Adreg hier, guten Tag", melde ich mich besonders freundlich. Am anderen Ende ertönt eine ziemlich angespannte Stimme: „Trixi Idur-Saj hier."

Sie ist wenig gesprächsbereit und bittet sehr direkt um einen Bericht zur gegenwärtigen Situation der beiden Firmen Idur/Saj möglichst in einer der nächsten Ausgaben. Ich erkläre ihr, wenn es in der nächsten Ausgabe noch reinpasst, werden wir das natürlich möglich machen, sonst kann der Bericht erst in die übernächste Ausgabe eingehen. Wir sprechen deshalb umgehend einen Termin ab. Damit ist das Gespräch nun erst auch einmal beendet.

Es ist eine wunderschönes Haus, eher ein Anwesen, dass Trixi Idur-Saj in dieser wundervollen Wohngegend bewohnt. Sie lebt hier jetzt alleine, ihr Sohn ist zum Studium ausgezogen und ihr verstorbener Mann, ja der fehlt ihr doch sehr. Die Wunde ist noch längst nicht verheilt. Sie wusste, dass er wahrscheinlich eher gehen werde als sie, aber so schnell hatte sie niemals daran gedacht.

„Er war immer so fit und lebensfroh dazu. Er hatte nie Probleme mit dem Herzen, dabei kann er hundert Jahre alt werden", waren so ihre Gedanken, lässt sie mich wissen. Aber nun ist er plötzlich gegangen und sie steht mit dieser doch immensen Verantwortung ziemlich alleine und muss jeden Tag wichtige Entscheidungen treffen, damit die Firmen zusammen wachsen und sicher in die Zukunft steuern, erklärt sie mir gefasst. Sie macht den Eindruck einer sehr starken Frau auf mich, dennoch gibt sie ihrer Trauer Ausdruck und bleibt verwundbar und ist damit sehr menschlich.

„Wissen Sie, aber das dürfen Sie jetzt nicht schreiben, mit meinem geschiedenen Mann ist es nicht einfach umzugehen. Ich muss ihm immer sagen, dies oder jenes ist nicht machbar. Er ist immer voller Visionen und was er will, will er möglichst sofort umsetzen. Ich habe dabei die Aufgabe, ihm immer wieder die Grenzen des Machbaren aufzuzeigen, damit das Unternehmen liquide bleibt und die Banken nicht plötzlich den Hahn zudrehen, verstehen Sie was ich meine?"

„Ich kann Sie gut verstehen, Frau Idur-Saj, ich kenne Rudi ja nun auch ein bisschen. Er lebt gerne in der Überdimensionale, was er offenbar für sein Ego braucht. Er liebt das große Risiko zu haben, sonst wäre er auch nicht an der Stelle, wo er sich gerade befindet. „Ja, das ist einesteils seine große Stärke, ohne diese Risikofreudigkeit hätte er es nicht so weit gebracht. Aber seine Risikobereitschaft kennt dann auch keine Grenzen.

Da war mein zweiter Mann, Adolf Saj, völlig ausgeglichener. Er ging auch immer vorwärts, er war ja auch ein Visionär, aber wenn es angesagt war, ging er auch mal einen Schritt zurück, weil das gerade die bessere Lösung war. Und das war ein Punkt, wo wir uns ideal ergänzten und die Liebe dabei sehr erblühen konnte. Es gab keine Reibungsverluste, wir waren immer im Einklang miteinander, auch bei den schwierigsten Problemkreisen. Wir hatten oft den gleichen Gedanken, etwas finanziell und überhaupt zu bewegen. Er war weltoffen, modisch, unternehmungslustig und traute sich was. Er liebte attraktive Frauen, aber er war nicht rastlos. Er konnte sich mitunter ganz konservativ sein Leben einrichten, wenn das gerade passend war. Sie verstehen sicher was ich Ihnen sagen will und warum es eine ganz große Liebe zwischen uns noch in seinem Alter gab, das man ihm ja keineswegs glaubte. Er hatte keine Angst vor dem Alter, denn er hatte sozusagen die ewige Jugend gepachtet. Noch vor kurzem hatte er mir gesagt, ich habe im Leben viel erreicht und jetzt freue ich mich darauf, mein Leben mit dir genießen zu können. Es passte einfach alles zusammen bei uns. Leider waren die Jahre viel zu kurz und nun muss ich umdenken."

„Wie wird Ihre Zukunft aussehen?"

„Ich weiß es heute nicht, ich lasse mich überraschen. Ich habe mit Rudi ein gutes Miteinander gefunden. Er akzeptiert, wenn ich ihm Strategien mitteile und erkläre und er denkt darüber nach. Wir wollen die Firmen zwar eigenständig belassen, jedes Unternehmen hat ja seine eigenen Produktpaletten bzw. Aufgaben, aber wir wollen in den Entscheidungsprozessen gemeinsam zum Wohle aller Beschäftigten und zur Erhaltung der Arbeitsplätze wirken." Ich unterbreche Trixi:

„Was auch immer das heißen mag, Sie werden also bei beiden Firmen mitsprechen, obwohl die Anteile unterschiedlich verteilt sind."

„Ja, so hat es mein Mann auch gewollt und es liegt nicht zuletzt auch an Rudi, dass diese Philosophie für beide Unternehmen eine gute Zukunft bringt. Er hat sich sehr zum Positiven entwickelt, indem er über die Strategien nachdenkt und mit mir um ein Ergebnis ringt."

„Entschuldigen Sie, aber ich frage Sie jetzt etwas ganz Ungewöhnliches. Mir geht das Bild nicht aus dem Kopf, als Rudi Sie so liebevoll am Grab Ihres Mannes stützte und man hatte wirklich den Eindruck, ist da mehr dahinter? Sie müssen mir die Frage nicht beantworten, wahrscheinlich können Sie es auch noch gar nicht." Trixis Gesicht wird lebhaft und freundlich: „Ja, ja, die Journalisten, die möchten alles gleich wissen. Aber ich kann in der Tat keine Antwort dazu geben. Ich kann mich nur wiederholen. Rudi hat sich jenseits der 60 Jahre sehr verändert und das gefällt mir erneut und wirklich gut. Man wird sehen, wie sich das entwickelt. Wir waren ja immer schon ein gutes Team, wenngleich sich auch der persönliche Bereich dann abgespalten und für jeden verselbständigt hat."

„So weit so gut. Darf ich ein Foto von Ihnen machen, das ich dann mit einfließen lassen will? „Ja klar" und sie lächelt fröhlich in meine Kamera und schaut dabei eher wie ein junges Mädchen mit Lachfältchen um die Augenpartie aus. Man sieht, diese Frau ist mit sich im Reinen. Aber welches Geheimnis hütet sie?

Ich arbeite den Bericht heute Nachmittag noch vollständig aus, und ich bekomme das Signal, ihn in der Oktober-Ausgabe platzieren zu können. Die Arbeit ist also rundum gelungen und vom Tisch. Herr vom Windeverweht klopft und ich gebe ihm das Zeichen hereinzutreten. „Ich bin neugierig, wie war ihr Interview heute?"

„Schauen Sie auf meinen PC und lesen Sie." „Ein tolles Foto von Frau Rudi", meint er. „Hallo, Frau Rudi, sagen Sie, wie muss ich das verstehen?" „Nah ja, ich habe die beiden gestern Abend im Globetrotter-Restaurant beim Essen gesehen und da knisterte es mächtig. Das konnte man vom Nebentisch amüsant mit ansehen. Wie zwei Frischverliebte turtelten sie, köstlich sage ich Ihnen. Meine Lebenspartnerin meinte schon, wie passt das nach dem Erlebnis eines tragischen Partnertodes eigentlich zusammen?"

„Ich habe ihr geantwortet, ‚bis dass der Tod euch scheidet' und dann muss das Leben für den überlebenden Partner einfach weiter gehen. Unter Umständen auch mal mit einer unmittelbar folgenden Liebe." Das konnte sie dann sogar verstehen. „Herr Kollege, für mich knisterte es zwischen den beiden schon am offenen Grab. Eine innige Zuneigung war zu erkennen. Es sollte mich nicht wundern, wenn das bald auch offiziell wird. Noch hält sich ja Trixi sehr bedeckt, aber sie schließt es jedenfalls nicht mehr aus. Also hat ihr Herz doch schon gesprochen."

„Rudi soll ja seit geraumer Zeit alleine leben. Seine langjährige Doppelliebe Hedwig sei aus dem neuen Haus wieder ausgezogen und lebe ihr eigenes neues Leben." „Interessant, wie die Wege so verlaufen", bemerke ich an Herrn vom Windeverweht gewandt, der gleichzeitig mein Büro verlässt, weil er noch Termindruck habe.

Ja, Jürgen und ich, wir sind ein Paar. Wir haben eine ganz große Liebe zueinander gefunden, was ich all die Jahre niemals für möglich gehalten habe. Aber wir möchten, dass jeder vorerst seine eigene Wohnung behält. Wir wollen unserer plötzlichen Liebe einen Härtetest verordnen. Wir genießen die arbeitsfreien Stunden miteinander und der erste Zoff ist auch schon überstanden.

Jürgen arbeitet in der Rechtsanwaltkanzlei, die Rudi, Trixi und Adolf Saj regelmäßig berät und unterstützt. Sein Mandant ist eher Adolf Saj, während die Firma Idur von seinem Partner bearbeitet wird. Ggf. gibt es jetzt Überschneidungen, sodass man gegenseitig involviert ist. Das Testament von Adolf Saj war ja sehr eindeutig für Trixi. Seine Schwiegertochter hatte Adolf Saj bereits zu Lebzeiten ausgezahlt, sodass jetzt Trixi Alleinherrscherin ist und das Unternehmen für sie zumindest als Eigentümerin einfach zu händeln ist. Adolf Saj hat Trixi vollkommen geregelte Verhältnisse hinterlassen und trotzdem gibt es eine Menge Formalitäten nach seinem Tode zu erledigen.

„Hallo, Frau Adreg" tönt es durch mein Telefon, „Ihr Bericht über unsere Unternehmen gefällt mir sehr gut und unsere Arbeitnehmer dürften jetzt beruhigt wissen, dass sie in gesicherten Verhältnissen arbeiten und sich keine Gedanken um ihren Arbeitsplatz wegen dem Tod meines Mannes machen müssen. Als Dank möchte ich Sie mit Ihrem Partner zu uns zum Abendessen und ein bisschen Plaudern einladen. Wir werden diesen Abend im Hause von Rudi erleben, wobei ich Sie bekochen werde. Die Adresse kennen Sie ja schon. Besprechen Sie den Termin mit Ihrem Partner und rufen Sie mich einfach wieder an. Entschuldigung die Kürze, ich werde schon wieder zu einem Termin verlangt" spricht sie ohne Punkt und Komma und legt hastig auf. Was für eine geballte Energie hat doch diese kleine Frauenpersönlichkeit. Sie will uns nach einem Arbeitstag auch noch bekochen! Wahrscheinlich ist das eines ihrer vielen Talente oder warum macht sie das? Für Jürgen ist dieser Freitagabend bei Rudi passend. Er hat seinen Bürotag und kann somit früher nach Hause. Ich muss zwar meinen Sportabend ausfallen lassen, aber mal ist das ja okay.

Jürgen sitzt neben mir auf dem Beifahrersitz meines Wagens und ich lenke in die abgelegene Siedlung und erkenne das Haus von Rudi dort oben am Hang wieder. „Aha, hier sind wir richtig", erkläre ich Jürgen. Das mondäne Haus erstrahlt in vollem Lichterglanz, weil die Dunkelheit soeben angebrochen ist. Jürgen drückt den Klingelknopf, der plötzlich erleuchtet und Hundegebell setzt ein. „Hallo" ertönt es durch die Sprechanlage und ich rufe: „Hier sind Jürgen und Helga, hello, aber ich habe schreckliche Angst vor Hunden!" „Okay, ich schaffe Abhilfe", sagt Rudi freundlich. Das Gartentor summt und Jürgen öffnet es. Als ich an ihm vorüber und vorweg gehen will, schnappt er mich und drückt mir einen endlosen Kuss auf die Lippen. Ich lasse es kurz geschehen und befreie mich dann aus seinen Händen um weiterzugehen. Rudi hat die Haustür bereits geöffnet und wartet im Eingang. Ich begrüße ihn, er hält aber meine Hand fest und sieht mich mit dem gewohnt tiefen herausfordernden Blick an. Dabei erröte ich ein wenig. Es ist mir leicht unangenehm und ich denke, dieser Rudi soll sich geändert haben, kein Stück, er ist immer noch oder schon wieder Rudi – Mann-O-Mann. Die Männer begrüßen sich ebenfalls herzlich und flux steht auch Trixi zur Begrüßung neben uns. Sie sieht etwas abgespannt aus. Man sieht ihr die Strapazen der letzten Monate mit der plötzlichen Beerdigung ihres Mannes durchaus an. Aber sie ist fröhlich und es scheint, als habe sie eine neue Lebensperspektive gefunden. Rudi geht sehr liebevoll und charmant wie er nun mal ist mit Trixi um. Sie lässt es sich gut gefallen. Man bemerkt das Knistern von liebenden Gefühlen.

Wir sitzen in pechschwarzen Sesseln jetzt im Wohnzimmer vor dem Kamin. Es knistert und das Feuer lodert kräftig mit einer roten Flamme hinter der hellen Glasscheibe. Trixi entschuldigt sich, weil sie natürlich in der Küche zu tun hat. Rudi erzählt von seiner vor Monaten erlebten Urlaubsreise, die so ganz anders war, als seine bisherigen Reisen und ihm deshalb noch lebhaft präsent ist: Afrika das Land der großen Gegensätzlichkeiten, das er als Abenteurer erlebt hat. Nein, er muss es nicht noch einmal erleben. Es war schon spektakulär als ihr Wagen im riesigen Gelände von Nanibia einen Plattfuss hatte und sie drei Tage ausharrend auf Hilfe warten mussten.

Das war strapaziös und Stress pur. Dann lieber zwei Unternehmen zusammen führen, bringt es Rudi auf den Punkt. Trixi erscheint jetzt und bittet zum Essen. Der Tisch ist ganz in weinrot gedeckt und ein Strauss dicker Baccara-Rosen zierte das Seitenfeld dieses großen Esstisches. Es ist die gleiche Rosenart die Rudi mir schenkte als er um meine Hand anhielt. Bei Rudi läuft offenbar viel nach gleichem Schema ab, stelle ich nachdenklich fest.

„Ein exzellentes Essen und auffallend interessant am Teller garniert", lobe ich die Gourmet-Köchin. „Ja, meine liebe Trixi hat ein Gespür, gutes Essen zuzubereiten und zu garnieren" und gibt Trixi einen Kuss auf den Mund, als sie ihn verliebt anschaut.

„Wie schön, da sind wohl alte Gefühle zurückgekehrt", wage ich die Sekundenstille zu unterbrechen. Rudi und Trixi lächeln und Rudi antwortet: „Ja wir wollen jetzt miteinander alt werden. Wir haben so viel miteinander erlebt, konstruktiv gestritten, jeder hat Jahre sein privat persönliches Leben geführt und doch haben wir miteinander ein ganzes Arbeitsleben geteilt. Das Schicksal und die Liebe haben uns jetzt wieder zusammengeführt. Ich habe zwar meine Macken, aber Trixi ist im Stande sie zu ertragen, weil sie absolut kein eifersüchtiger Typ ist. Ich habe natürlich auch eine Menge dazu gelernt. Meine mit Unterbrechungen Lebenspartnerin hat mit ihrer Unstetigkeit dazu beigetragen. Vielleicht auch ein bisschen Strafe."… und lacht dabei leicht gequält.

„Aber Trixi hat zweifellos die bessere Ausdauer mit mir. Sie weiß mir mit Worten schlagkräftig zu begegnen. Das brauche ich wirklich. Das bringt mich zum Nachdenken, buchstäblich zu Verstand und oft zur Einsicht in meinem rastlosen Lebensrhythmus. Ja, ich bin mit meinen ungezügelten Visionen ein bisschen in ruhigeres Fahrwasser gelangt. In eine Beständigkeit, bei der es nicht mehr darum geht, was kostet die Welt? Ich habe mich jenseits der 60 verändert. Ich bin selbstbewusster geworden und vieles ist deshalb nicht mehr vordringlich wichtig und notwendig für mich. Ich habe erreicht, was ich wollte und nun geht es darum zu sichern und zu leben, was ich erreicht habe. Das geht jetzt gemeinsam mit Trixi, und ich freue mich auf ein interessantes Leben mit ihr", sprichst, erhebt sich, entschuldigt sich und geht zur Toilette.

„Was soll ich dazu sagen? Rudi hat eigentlich alles und Wichtiges gesagt, und ich bin auch sicher, dass wir die Zukunft gemeinsam meistern können und ein gutes, wenn auch aufregend ungewöhnliches Leben miteinander teilen.

Nun aber erst einmal ein Prosit auf einen fröhlichen Abend und danke für Ihre gute Arbeit, Frau Adreg. Die Unsicherheiten im Unternehmen sind dadurch entschieden gestoppt worden. Wir sind Schritte vorwärts gekommen und die Mitarbeiter ziehen mit. Sie haben wieder Vertrauen und stehen nicht mehr mit vorgehaltener Hand, tuschelnd und eher ratlos in den Ecken herum." „Es freut mich wirklich sehr, wenn der Bericht zur Klarheit in Ihren Unternehmen beigetragen hat", antworte ich ehrlich.

Rudi kommt zurück durch die offenstehende Wohnzimmertür und nimmt wieder seinen Platz am Tisch ein. Trixi räumt derweil die Vorspeisen-Teller ab. Rudi steht erneut auf, geht zur Küche und serviert den nächsten Menü-Gang gekonnt mit am Tisch. Ein Kalbsfilet, das auf der Zunge nur so zergeht: Rosarot punktgenau gebraten, einfach köstlich, ist sich die Runde einig. Trixi ist bei allem ihrem Tun sehr zielstrebig und freut sich, dass ihr das Filet so gut gelungen ist.

„Es geht dabei nur um Sekunden", berichtet sie „und wenn man sich zwischendurch verplaudert, können Minuten vergehen und es ist auch schon zu spät und rosarot verpasst. Aber heute bin ich sehr zufrieden damit", gibt sie fröhlich der Runde preis. Rudi legt jetzt seine

Hand auf die ihre und sagt ein paar nette Worte. Man spürt, da schlagen zwei Herzen füreinander. Man geht sehr behutsam, sich achtend und die Vergangenheit absolut bereinigt, ganz neu miteinander um. Während ich so in Gedanken zu den beiden rüber blicke, mein Besteck abgelegt und beide Hände neben meinem Teller förmlich platziert habe, legt Jürgen seine Hand zart auf meine Hand. Es durchdringt mich dabei ein Wohlgefühl. Ich wende mein Gesicht liebevoll zu ihm rüber und er gibt mir einen Kuss auf die Wange. Dabei erröte ich, blicke wieder gerade aus und direkt in Rudis stahlblaue Augen. Er lächelt mich verschmitzt an, als wolle er sagen, warum diese Schamröte, mir ergeht es genauso. Das ist doch alles nur zu natürlich, wenn man verliebt ist. Er wendet sich nun zu Trixi rüber, nimmt seinen Zeigefinger und berührt ihre Wange. Dabei spricht er zu ihr: „Schön, dass es Schmetterlinge gibt, nicht wahr, Liebes!?" Sie lächelt selig und bleibt zum ersten Mal vielsagend sprachlos und beweist damit, dass sie über und über neu in ihren ehemaligen Mann und herzerfrischend verliebt ist wie ein junges Mädchen....

„Mann – O – Mann", spricht Trixi ein bisschen erregt vor sich hin, „Was für eine Lebensaufgabe mit dir, Rudi" und wendet sich ihm zu, „wer hätte das am Beginn unseres gemeinsamen Lebens kurz vor dem 30. Lebensjahr gedacht?! Ich möchte aber keine Episode von und mit dir missen. Wir sind daran gewachsen und es hatte alles nur den Sinn eines Lebens

mit Happy End.

Buchtipp: DEPRESSIONEN besiegen

Dieses Buch ist ein Sofort-Ratgeber, der Sie an die Hand nimmt und Ihnen einen Weg aus der Depressionsfalle zeigt.

Das Buch zeigt einen authentisch erprobter Weg, der Ihnen helfen kann, an meinem persönlichen Beispiel von depressiv-psychotischen Krankheitsepisoden zu zeigen, was alles nach überstandenen Depressionen & Co. immer noch möglich ist.

Ihr Innerer Arzt kann Ihre seelischen Kräfte wieder so mobilisieren und Sie auf den Weg bringen, dass sich Ihr Leben wieder oder überhaupt in ein erfolgreiches = glückliches Leben verwandelt.

Wie das im Einzelnen abläuft, dazu lesen Sie in den nachfolgenden drei Teilen des Ratgebers, der an wichtigen Stellen mit Fotos aus der Kamera der Autorin dokumentiert ist.

Buchdaten:

Autorin: Gerda Gutberlet-Zerbe

Paperback - 104 Seiten - € 18,99

ISBN 978-3-7347-6157-7

Verlag: Books on Demand

Gerda Gutberlet-Zerbe

DEPRESSIONEN besiegen

mit der AWPSG-Strategie®